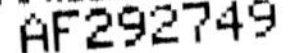

AF292749

CHAOS EST ORDO

Geist, Körper, Seele

Durch die Kraft des Chaos in der Ordnung vereint

Nichts schafft es zu trüben, was uns Wert ist, was uns leuchtet.

Liebe und Kraft halten uns, fern von Kummer und Pein.

Im Leben, wie im Tod, im Zeichen des Rings, sind wir ein.

Raphael Klein

CHAOS EST ORDO

Impressum

Mehr zum Buch, den enthaltenen Rätseln und weiteren
Geheimnissen unter:

chaosestordo.de/loesung

HONEY
BALECTA

17.40 Uhr

Am Agnes-Bernauer-Platz wurde ein Wagen abgestellt und vier Personen stiegen aus. Enver Berk richtete sich seinen Mantel, zog das Smartphone aus der Innentasche und warf einen Blick darauf. Er wartete schon seit Stunden auf eine Rückmeldung, ein Lebenszeichen von Stella Honigberg. Doch ein solches ließ auch jetzt noch auf sich warten. Enver wusste, dass sie dort, wo sie sich augenblicklich aufhielt, keinen Empfang hatte. Dennoch hätte er gerne in irgendeiner Form einen Zwischenstand erfahren, doch wie es aussah, musste er sich damit gedulden.

Der kleine Trupp setzte sich stumm in Bewegung. Ungefähr 100 Meter gingen sie die Von-der-Pfordten-Straße nach Norden, bevor sie links ins Schlangenwegerl einbogen, eine schmale Gasse, die nur zu Fuß zugänglich und links und rechts von hohen Mauern gesäumt war. Die Zugänge zu den angrenzenden Grundstücken waren in diese Mauern eingelassen. Die vier Gestalten durchschritten die Gasse und blieben vor dem Zugang stehen, der zu Hausnummer 31 gehörte. Enver Berk holte einen Bund mit zwei Schlüsseln hervor, steckte den größeren davon in das Schlüsselloch des in die Mauer eingelassenen eisernen Tores und drehte ihn. Das Schloss war gut geölt, sodass kaum zu hören war, wie sein Mechanismus sich bewegte und der Riegel eingefahren wurde. Ebenso lautlos verhielten sich die Scharniere, als Berk das Tor aufdrückte und der Trupp hindurchschlüpfte.

Sie standen nun in einem großen Garten auf einem relativ exakt quadratisch anmutenden Grundstück, der um eine mächtige Stadtvilla herum angelegt war. Diese Villa war der Wohnsitz Oskar Steinsaltz gewesen. Bei diesem handelte es sich um einen Schriftsteller, dessen Werk vor allen Dingen aus extrem vielschichtig angelegten Romanen bestand, die sich dadurch auszeichneten, dass sie sich keinem einzelnen Genre zuordnen ließen. Je nachdem, wie sie gelesen wurden, konnten sie als Fantasy, als Horror, Psychothriller oder auch als einfache Liebesschnulzen klassifiziert werden.

Steinsaltz erreichte mit seinen Büchern regelmäßig ein riesiges Publikum und wurde von der Kritik stets in den höchsten Tönen gelobt. Zwar konnte Enver das nicht wirklich nachvollziehen, zu trivial erschienen ihm Steinsaltz Werke, aber das war auch nicht der Grund, weswegen er und seine Begleitschaft hier waren.

Oskar Steinsaltz war nicht nur Schriftsteller; er war auch Mitglied des Rings. Genauer formuliert: Er war Mitglied des Rings gewesen. Beim Ring handelte es sich um eine Bruderschaft, deren Ziel und Bestimmungsgrund es war, Wissen zu sammeln, zu archivieren und bei Bedarf zugänglich zu machen. Diese Bruderschaft, gegründet im 13. Jahrhundert in der damaligen Residenzstadt München, sammelte Informationen zu den verschiedensten, teils hochbrisanten, teils absurd anmutenden Themengebieten und verwaltete es. Ein besonderes Augenmerk lag dabei darauf, vor allen Dingen solches Wissen zusammenzutragen, bei dem zu vermuten stand, dass es Kräfte gab, die es verschwunden, vergessen sehen wollten. Naturgemäß war in der Gründungszeit dieser Organisation primär eine Kraft allgegenwärtig, die solcherlei Bestrebungen hegte, namentlich die römische Kirche. Es war daher umso erstaunlicher – oder auch naheliegender, je nach Sichtweise – dass zu den Gründungsmitgliedern der Bruderschaft neben Kaufleuten, Gelehrten und einigen Angehörigen anderer Berufsgruppen auch Mönche gehörten, die sich im Geheimen gegen ihren

Brotgeber gewandt hatten. Diese, jedes Wissen
sammelnde und hütende Organisation nun, hatte es
geschafft, sich lediglich auf Grundlage ihres
Anliegens und mithilfe einer komplexen internen
Organisation über Jahrhunderte erhalten zu können.
Sie existierte bis heute und sammelte weiterhin
Wissen, das sie, sofern dies nötig und angebracht
erschien, öffentlich machte.

Oskar Steinsaltz war kein einfaches Mitglied des
Rings gewesen. Man könnte sagen, »im Gegenteil«,
bediente man damit nicht eine abgedroschene
Floskel. Oskar Steinsaltz jedenfalls war erst vor
etwas weniger als einer Woche zum Vorsitzenden
des Rings, zum Ringmeister gewählt worden.

Nur vier Tage später war Steinsaltz tot. Er war
erschlagen in der Privatbibliothek seiner Villa
aufgefunden worden, vor der der Trupp nun stand.
Wer für den Tod verantwortlich war, war bislang
nicht bekannt, die Polizei schien diesbezüglich ihr
übliches Vorgehen anzuwenden und im Dunkeln zu
tappen. Dies war einer der Gründe, weshalb Enver
nun hier war. Er, genauso wie die anderen in seinem
Gefolge, ebenfalls Mitglied des Rings, war beauftragt
worden, sich vor Ort umzusehen. Konkret gab es
zwei Handlungsanweisungen für sie:

- Sie sollten einerseits überprüfen, ob sie Hinweise darauf finden konnten, wer für den Mord am Ringmeister verantwortlich war.
- Andererseits, und das war die dringlichere Aufgabe, sollten sie Ausschau danach halten, ob es Hinweise darauf gab, dass Steinsaltz Geisteszustand gelitten hatte.

Die zweite Handlungsanweisung, so unbequem sie unter Berücksichtigung des hohen Amtes, in das der Ring Steinsaltz erst in jüngster Vergangenheit gewählt hatte, auch sein mochte, kam nicht von ungefähr.

Offenbar waren Unterlagen aufgetaucht, die sehr dafür sprachen, aber nicht eindeutig waren. Nun war es an ihnen, an Enver und den anderen, herauszufinden, ob es sich dabei um bloßes Gemunkel handelte, oder es tatsächlich handfeste Hinweise darauf gab.

Bei den anderen handelte es sich um Oleksandra Bil, Erik Siegel und Rudolf Michelini.

Bil war eine junge, kluge und scharfzüngige Analystin, deren schnelle Auffassungsgabe und kombinatorischen Fähigkeiten Enver für das vor ihnen liegende Unterfangen hilfreich erschienen waren.

Erik Siegel, ein gut aussehender und schlagfertiger Ingenieur, war von ihm dazugerufen worden, weil er ihn als pragmatischen und tatkräftigen Menschen kannte, dessen Art, einfach mit dem, was vorhanden war, loszuarbeiten, kannte und das als äußerst hilfreich empfand.

Der schlaksige, stets ernst dreinblickende Rotschopf Michelini zählte schließlich wie Enver zu den Mitgliedern des Rings auf höheren Ebenen innerhalb der Organisation. Sie beide waren damit beauftragt worden, diese Operation durchzuführen.

Sie verschwendeten keine Zeit damit, den Garten zu dieser abendlichen Stunde bei schlechtem Licht, das lediglich von den Laternen der Straße herüberdrang, einer genaueren Inspektion zu unterziehen.

Bei Missionen wie dieser war Effizienz erforderlich, weshalb Enver direkt die breiten Stufen zur Eingangstür der Villa erklomm und den kleineren der beiden Schlüssel an seinem Bund in das dafür vorgesehene Loch zu stecken versuchte.

Als das nicht gelingen wollte, zog er erneut sein Smartphone aus dem Mantel und leuchtete mit dessen Lampe, musste dabei allerdings feststellen, dass der Schlüssel, den man ihm gegeben hatte, definitiv nicht für dieses Schloss vorgesehen war. Er atmete tief durch, drehte sich um und stieg die Stufen wieder hinab zu den anderen, die dort beisammen standen.

»Der Schlüssel passt nicht.«

Rudolf runzelte die Stirn. »Wie, der Schlüssel passt nicht?«

»Der Schlüssel passt nicht in das Schloss an dieser Tür. Der Tür des Hauses, das wir untersuchen sollen. Wenn du schlecht hörst, denk über einen Urlaub in Lübien nach.« Enver hasste es, unnötige Konversationen führen zu müssen. Ihm war nicht klar, was an der Formulierung »der Schlüssel passt nicht«, in irgendeiner Form Interpretationsspielraum lassen konnte, und empfand die Rückfrage deshalb als überflüssig und nervtötend. Genau aus diesem Grund, weil er eine weitere Rückfrage im Stil von »und nun?«, die ihm auch wieder nur auf den Geist gegangen wäre, verhindern wollte, schob er direkt hinterher: »Wir haben zwei Möglichkeiten: Entweder, wir finden einen anderen Zugang, vielleicht einen, zu dem dieser Schlüssel passt, oder wir öffnen die Tür auf einem anderen Weg.«

»Vielleicht hat jemand die Schlösser gewechselt, nachdem Steinsaltz gestorben ist. Oder vielleicht hat uns jemand einen falschen Schlüssel gegeben.«

Oleksandras Einschätzung war faktisch nicht von der Hand zu weisen. Enver allerdings meinte, dass sie über den Punkt dieser Zusammenfassung bereits hinaus waren. Er verkniff sich jedoch einen spitzen Kommentar dazu. Er wusste, dass es seine soziale Kompetenz nicht gerade unterstrichen hätte, das zu tun, deshalb zwang er sich zur Zurückhaltung. Stattdessen nickte er lediglich mit ausdruckslosem Gesicht.

»Okay«, griff Erik den Faden auf. »Ich gehe um das Gebäude und sehe, ob es eine Hintertür oder so gibt.«

Dankbar für den Pragmatismus, dessentwegen er Siegel schließlich auch mitgenommen hatte, reichte er diesem Schlüssel und signalisierte ihm damit, dass er die Idee für sinnvoll erachtete. Rudolf war derweil die Stufen zur Haustür hinaufgestiegen und besah sich diese. Augenscheinlich suchte er nach einer Möglichkeit, diese auch ohne den passenden Schlüssel zu öffnen.

Enver sah sich um. Die Villa hatte im Erdgeschoss Fenster, die ebenfalls einen Zutritt ermöglichen konnten, sofern sich eines davon auf die eine oder die andere Art würde öffnen lassen. Oleksandra schien einen ähnlichen Gedanken zu haben, sie trat an eines davon heran und drückte auf gut Glück gegen die Scheibe, doch wie zu erwarten, ließ diese sich nicht ohne weiteres aufdrücken. Sie unternahm denselben Versuch auch bei den anderen Fenstern, doch das Ergebnis war jedes Mal dasselbe.

Als Siegel wieder zur Gruppe zurückstieß, schüttelte er den Kopf. »Auf der Rückseite gibt es eine Art Wintergarten, aber dort kommen wir mit dem Schlüssel nicht hinein. Sonst sind keine Eingänge vorhanden.«

Die Gruppe kam wieder zusammen. »Die Tür müssen wir entweder aufbrechen oder einen Schlosser kommen lassen.« Gab Michelini seine Einschätzung.

»Oder jemanden, der Schlösser öffnen kann.« Ergänzte Siegel.

Enver dachte nach. Er hatte sich bereits zuvor überlegt, ob es sinnvoll wäre, eine solche Person dabei zu haben, jedoch wollte er aufgrund der Tatsache, dass sie ja eigentlich einen passenden Schlüssel hatten, niemanden umsonst bemühen. Immerhin hatte er jemanden für solche Aufgaben auf Abruf. Diese Option würde er ziehen, wenn sich nun kein anderer Weg fand.

»Die andere Möglichkeit wären die Fenster.« Sagte Michelini.

»Die sind alle fest zu.« Entgegnete Bil.

»Fest zu möglicherweise. Trotzdem nur aus Glas.«

Oleksandra war anzumerken, dass sie diesen Gedanken bislang, so naheliegend er auch sein mochte, nicht gehabt hatte. »Wir können doch nicht einfach einbrechen!«, protestierte sie. »Oskar Steinsaltz mag tot sein, aber das gibt uns nicht das Recht, seine Privatsphäre zu verletzen.«

»Du sitzt da einem Missverständnis auf.« Erwiderte Rudolf trocken. »Wir werden seine Privatsphäre in jedem Fall verletzen, wenn wir in sie eindringen und sie durchsuchen. Die Frage ist, ob wir dafür zusätzlich noch eine Scheibe einschlagen oder nicht.«

Enver trat vor, um seine Einschätzung vorzutragen, doch noch bevor er seine Stimme heben konnte, wurde ihnen die Entscheidung abgenommen, was durch ein lautes Klirren offenkundig wurde.

Erik hatte erneut den pragmatischen Weg gewählt und die Diskussion, die nach Envers Einschätzung ohnehin genau dorthin geführt hätte, abgekürzt, indem er einfach wortlos eines der Fenster mit einem Stein aus dem Garten zertrümmert hatte. Während die anderen, teils entgeistert, teils zufrieden zu ihm hinübersahen, schlüpfte er aus seiner schweren Lederjacke, legte sie in den Fensterrahmen, um sich vor Spitzen des Glases zu schützen und schwang sich dann mit einem

Sprung hindurch. Keine 20 Sekunden später öffnete sich die Eingangstür und Erik Siegel bat sie herein.

Enver rieb sich die Schläfen. »Das war jetzt nicht gerade subtil«, bemerkte er, doch musste anerkennen, dass er den Draufgänger Siegel aus genau diesem Grund mitgenommen hatte.

Die Gruppe betrat das Innere der Villa, und Enver machte Licht. Das Foyer war beeindruckend. Der Boden bestand aus großen Marmorplatten und es waren nur vereinzelte Möbelstücke aufgestellt worden, sodass jedes Geräusch ein Hallen verursachte. Die Eingangshalle mündete in einen Gang, an dessen Ende der zuvor von Erik beschriebene Wintergarten auszumachen war und von dessen beiden Seiten mehrere Türen abgingen.

Enver ging auf die erste auf der rechten Seite zu und öffnete sie. Wie er erwartet hatte, befand sich dahinter ein Treppenhaus, über das sowohl nach oben als auch nach unten gelangt werden konnte.

»Wir sollten uns aufteilen«, sagte er. »Es wird schneller gehen, wenn jeder einen Bereich durchsucht und es den anderen meldet, wenn er etwas von Belang findet.«

Erik nickte. »Ich nehme den Keller.«

»Ich das Obergeschoss«, erklärte Oleksandra.

»Gut. Rudolf, dann siehst du dich im Erdgeschoss um und ich widme mich Treppenhaus und Wintergarten.« Schloss Enver. Alle nickten und setzten sich in Bewegung.

Als Enver allein war, zog er sein Mobiltelefon erneut hervor. Noch immer keine Nachricht von Stella. Ihm war bewusst, dass die Sitzung, auf der sie sich befand, wirklich sehr lange dauern konnte. Dass es mehrere Tage in Anspruch nehmen würde, war unter den aktuellen Voraussetzungen nicht ausgeschlossen. Trotzdem bereitete es ihm gewisse Sorgen, dass er so lange nichts von seiner Vertrauten gehört hatte.

18.55 Uhr

Das Erste, was Oleksandra auffiel, als sie Oskar Steinsaltz Arbeitszimmer betrat, war das Chaos. Auf den ersten Blick sah es so aus, als hätte ein Tornado das Zimmer erfasst. Überall lagen Papiere verstreut – auf dem Schreibtisch, auf dem Boden, sogar auf den Fensterbänken. Steinsaltz, obwohl in seiner Arbeit immer sehr strukturiert, schien keine Anstalten gemacht zu haben, seine Arbeit zu ordnen. Unweigerlich kam ihr der Wahlspruch des Rings in den Sinn: »Chaos est Ordo.« Chaos ist Ordnung. Der Satz stand für zweierlei: Er sollte ausdrücken, dass jedes System, das chaotisch erschien, in sich selbst zwangsläufig eine Ordnung besaß. Ziel musste es daher immer vorrangig sein, diese Ordnung zu finden, anstatt sie zu zerstören und durch das Überstülpen einer anderen, vertrauteren Ordnung, die dem System eigentlich innewohnende zu zerstören.

Die andere Bedeutung war die, dass Ordnung sehr individuell empfunden wurde und daher ein scheinbar ungeordneter Zustand niemals fälschlicherweise als Chaos interpretiert werden durfte. Denn das Chaos selbst war meistens Ordnung.

Eine weitere Interpretation des Spruches war, dass er sich am »Ordo ab Chao«, also »Ordnung aus dem Chaos« der Freimaurer orientierte und ihn ad Absurdum führen wollte. Dies war aber nicht nur aufgrund der zeitlichen Widersprüche in der Entstehung beider Sprüche unwahrscheinlich, es stand auch im Gegensatz dazu, dass der Ring keine Abneigung gegen die Bruderschaft der Freimaurer empfand.

Die Tatsache, dass jedem Chaos eine eigene Ordnung innewohnen mochte, stellte Oleksandra nun ganz bewusst in den Vordergrund ihrer Gedanken. Dies musste sie berücksichtigen, wenn sie sich einen Überblick verschaffen wollte. Außerdem hielt der Spruch sie dazu an, nach ebendieser Ordnung Ausschau zu halten. Auch sie für sich konnte eine ganze Menge über denjenigen, der sie geschaffen hatte, aussagen.

Sie atmete tief durch und versuchte, einen Anfangspunkt zu finden. Zu ihrer Linken fand sie einen Stapel Rechercheunterlagen zur bayerischen Zwergdeckelschnecke, ein Thema, zu dem sie isoliert keinerlei Zugang hatte. Dann fielen ihr unzählige Karteikarten auf, jede detailliert mit Daten und Informationen zu verschiedenen Personen. Es schien, als hätte Steinsaltz jedes Gespräch, das er je geführt hatte, sorgfältig dokumentiert. Zwischen den Karten verstreut lagen Zeitungsausschnitte, die von aktuellen Nachrichten hin zu alten Berichten aus den 1980er-Jahren reichten. Es schien dabei eine schier endlose Fülle an Themen zu geben, die darin behandelt wurden, von politischen Skandalen bis zu Kuriositäten aus der Tierwelt. Auf einem lose herumliegenden Notizzettel stand eilig notiert: » O, Ypsilon, Ei, sie, Henne, Feiertag.«
Für einen Augenblick betrachtete Oleksandra ihn nachdenklich, bevor sie es verstand und in ihrem Kopf mit »Zufriedenheit« ergänzte.

Ihr Blick wanderte weiter, und sie stieß auf eine Sammlung alter Fotografien. Einige schienen Familienbilder zu sein, während andere offensichtlich professionelle Aufnahmen von exotischen Orten und Architektur darstellten. Daneben lag ein Stapel alter Tagebücher, deren Seiten vergilbt und brüchig aussahen. Sie blätterte vorsichtig durch eines von ihnen und stellte fest, dass es Aufzeichnungen aus Steinsaltz Jugendjahren waren. Er schien peinlich genau darauf bedacht gewesen zu sein, ausnahmslos an jedem Tag eine Eintragung zu machen und dabei stets das hervorzuheben, was vom üblichen Rhythmus seines Alltags abwich. Eine Eintragung lautete: »13.12.1976: Heute einen Schneepflug gesehen, der Erde von der Straße räumte.« Ein anderer: »17.4.1977: Der Durchfall hält an.«

Da waren auch seltsame Skizzen, die geometrische Muster und Formeln zeigten, die Oleksandra nicht verstand. Eine Skizze schien das Konzept einer Maschine darzustellen, deren Funktionsweise und Nutzen nicht ersichtlich wurden. Eine andere zeigte einen detaillierten Plan eines Gebäudes. Es gab auch handschriftliche Notizen, die in einer fast unleserlichen Kritzelei verfasst waren, und es würde sicherlich Zeit in Anspruch nehmen, sie zu entziffern.

Halb verdeckt von einem Stapel, oder besser Haufen, solcher Notizen bemerkte sie ein seltsam geformtes Objekt. Bei näherer Betrachtung stellte sie fest, dass es sich um eine kunstvoll gefertigte Glasflasche handelte, in deren Inneren ein Miniatursegelschiff zu sehen war. Was Oleksandras Aufmerksamkeit für einen Moment an diesen Gegenstand band, war die Tatsache, dass dieses Schiff nicht, wie bei derlei Kunstwerken üblich, aus Holz bestand, sondern aus Ton gefertigt zu sein schien.

Je tiefer Oleksandra sich in die Unterlagen wühlte, desto faszinierender empfand sie Steinsaltz Wissensdurst und sein weitreichendes Interessenspektrum. Gleichzeitig verspürte sie ob der schieren Menge der Informationen, die vor ihr lagen, aber auch eine gewisse Überforderung.

In einer Ecke des Arbeitszimmers, abseits des Papierchaos, stand das vermutlich eigentümlichste und am wenigsten zum Rest dessen, was sie hier vor sich hatte, passende Objekt: ein Puppenhaus.

Es war nicht irgendein einfaches Spielzeug, das in einem Kinderzimmer stehen könnte. Es war ein Kunstwerk, das mit erstaunlicher Detailgenauigkeit gefertigt worden war. Es erstreckte sich über vier Stockwerke, jedes mit einem makellosen Design und einer liebevoll und aufwendig gestalteten Inneneinrichtung.

Oleksandra trat näher heran, um es genauer in Augenschein zu nehmen. Die Außenwände des Miniaturhauses waren in sanften Pastelltönen gestrichen, mit winzigen Fensterläden und kunstvollen Verzierungen. Aber es waren die Innenräume, die ihre Aufmerksamkeit fesselten. Jedes der vier Stockwerke hatte sechs Räume, und jeder Raum schien einen einzigartigen und merkwürdigen Zweck zu haben.

In einem Zimmer war ein Miniaturballettstudio, in einem anderen eine Bibliothek mit winzigen Büchern, die einzeln gearbeitet schienen. Ein Raum hatte die Form eines Observatoriums, während ein anderer wie ein alchemistisches Labor aussah, gefüllt mit kleinen Kolben und Rührstäben. Es gab auch einen Raum, der einem asiatischen Zen-Garten nachempfunden war, und einen anderen, der aussah wie das Innere einer Pyramide, komplett mit Hieroglyphen und einem winzigen Sarkophag.

Während sie das Puppenhaus betrachtete und sich in den Details verlor, überkam sie ein äußerst eigenartiges Gefühl. Ihr war, als verspürte sie eine eigenartige Verbindung zu ihm. Ihr kam es vor, als würde sie in diese kleinen Räume hineingezogen, in diese Miniaturwelt, die so real wirkte, dass sie fast erwartete, winzige Bewohner in ihr zu sehen. Als würden die Räume flüstern, Geschichten erzählen, die sie nur allzu gerne hören wollte.

Der Zustand, den sie in diesem Augenblick durchlebte, konnte nur als eigentümlich beschrieben werden. Es fühlte sich an, als würde sie in das Haus hineingezogen werden, als würde sie sich in sich selbst auflösen, während sich das Puppenhaus, das sie ja von außen anstarrte, um sie herum materialisieren. Sie versuchte, sich selbst aus diesem merkwürdigen und in Teilen beängstigenden

Zustand herauszureißen, doch, spürte gleichzeitig, wie ihre Faszination dafür wuchs und immer weiter anschwoll, je mehr er von ihr Besitz ergriff.

Aus diesem tranceähnlichen Zustand herausgerissen wurde sie, als Rudolf Michelini die Tür zum Arbeitszimmer aufstieß und herein stolperte. »Oleks, Erik hat im Keller etwas gefunden. Enver hat uns gerufen, komm!«

Sie brauchte einen Augenblick, um wieder zu sich zu finden und wandte den Blick von dem Puppenhaus ab.

Sie nickte und rappelte sich aus der Hockstellung, in die sie ganz unbewusst gegangen war, hoch. Rudolf war schon wieder zur Tür hinaus und sie folgte ihm, konnte aber nicht umhin, noch einmal einen Blick auf die Miniatur zu werfen. Es hatte etwas an sich, das sie nicht erklären konnte, etwas, das sie sowohl faszinierte als auch ängstigte. Sie würde es später noch einmal genauer inspizieren müssen.

An der Treppe holte Oleksandra Rudolf ein. Sie stiegen die Stufen zum Keller hinab und sie registrierte, dass die Luft im unteren Teil des Gebäudes eigenartig trocken zu sein schien.

Unten angekommen standen sie in einem Flur, der von seinem Aufbau den in den oberen Stockwerken entsprach.

Erik und Enver standen vor einer großen, massiven Stahltür, die sich auffällig von den Steinmauern des Kellers abhob. Der graue Metallrahmen wirkte fehl am Platz in dem sonst so antik anmutenden Kellergewölbe. Es war offensichtlich, dass diese Tür nicht ursprünglich zum Haus gehörte. Dafür sprach auch, dass sie offensichtlich bis noch vor sehr kurzer Zeit hinter einer Tapete verborgen gewesen war, die nun abgerissen auf dem Boden lag.

»Wenn ich als Grundlage den Aufbau des Erdgeschosses genommen habe, dann musste sich hier eine Tür befinden.« Erklärte Erik gerade an Enver gewandt. »Da es aber keine gab, habe ich mir gedacht, ich entferne die Tapete und ... nun ja. Hier ist diese Tür.«

Enver nickte zustimmend. »Es sieht so aus, als ob Oskar Steinsaltz etwas zu verbergen hatte. Wie kommen wir hinein?«

Rudolf trat vor und begutachtete das schwere Schloss. »Es ist nicht einfach, das Ding zu öffnen. Es sieht aus wie etwas Antikes, was komisch an einer offensichtlich modernen Tür ist. Ich bezweifle, dass es uns gelingen wird, es aufzubrechen. Und selbst wenn, wer weiß, welche Sicherheitsmechanismen dahinterstecken?«

Oleksandra konnte nicht anders, als an dieser Stelle einen kleinen Seitenhieb zu verteilen. In Richtung Erik fragte sie: »Hast du schon versucht, sie einzuschlagen?«

Der Angesprochene schüttelte den Kopf, wobei ihm ein amüsiertes Grinsen entwich. Enver, der stets bei der Sache war und wenig von Späßen hielt, ging darüber hinweg: »Wir müssen herausfinden, was sich dahinter befindet. Ich hatte den Gedanken schon vorhin bei der Haustür, aber wollte keinen unnötigen Aufwand erzeugen. Ich werde Josefine Stuckmann dazuholen. Die weiß, wie mit Schlössern umzugehen ist.«

Enver zog sein Smartphone aus seinem Mantel und warf einen Blick auf den Bildschirm. Da er im Keller keine Verbindung zu haben schien, steckte er es zurück und marschierte Richtung Treppenhaus.

20.23 Uhr

Die Luft im Keller war derart trocken, dass Josefine den Reiz zu husten nicht unterdrücken konnte, ohne diesem Impuls aktiv gegenzusteuern.

Dabei war nirgendwo auch nur ein einzelnes Staubkorn zu entdecken. Die Trockenheit hatte ihren Ursprung nicht in Verwahrlosung, vielmehr schien es, als hätte jemand ganz bewusst versucht, diesem Untergeschoss jegliche Luftfeuchtigkeit zu entziehen. Was der Grund dafür sein könnte, lag so vollständig außerhalb Josefines Kenntnis, dass ihr Pragmatismus ihr dazu riet, sich diese Frage gar nicht erst zu stellen.

Damit – dass sie sie sich gar nicht erst stellte – stand diese Frage absolut nicht allein. Vielmehr gab es einen ganzen Katalog davon, den sie sich unter anderen Voraussetzungen zu beantworten zur

Aufgabe gemacht hätte, den sie nun allerdings bewusst ignorierte. Sie war hier, weil es eine Aufgabe für sie gab. Diese war ganz konkret definiert und war in ihrer Bearbeitung nicht von anderen Faktoren, die das Umfeld, in dem sich diese auftat, ausmachten, abhängig.

Josefine stand im Keller des verstorbenen Ringmeisters vor einer schweren Tür aus massiven Stahl, die offenkundig noch vor sehr kurzer Zeit hinter einer Lage Tapete, die nun heruntergerissen auf dem Fußboden lag, verborgen gewesen war. Sie war hinzugerufen worden, um ihre Fähigkeiten einzusetzen. Herbeigerufen worden war sie von Enver Berk, einem steifen Kerl Mitte dreißig, mit dem sie in der Vergangenheit schon das ein oder andere Mal zu tun gehabt hatte. Enver hatte in ihren Augen etwas streberhaftes, das ihn auf Weise unsympathisch machte, die er zu seinem Pech nicht ändern konnte. Er war ein Pedant, der einfach pedantisch handeln musste, weil das in seiner Persönlichkeitsstruktur so verankert war. Dafür wollte Josefine ihm keinen Vorwurf machen. Sie wusste um ihre eigenen Macken, weshalb sie anderen die ihrigen nicht vorhielt. Mögen musste sie sie daher aber nicht. Und so verhielt es sich bei Enver.

Dennoch, oder gerade deswegen, hatte sie stets den Eindruck gehabt und hatte diesen nun noch immer, dass eine professionelle Zusammenarbeit mit

Enver problemlos möglich war. Bei einigen anderen Anwesenden verhielt sich das anders. Die junge Frau, Oleksandra Bil, war nicht das Problem. Sie erschien ihr vernünftig und hielt sich zurück. Josefine glaubte, sie zu mögen. Die beiden anderen Männer jedoch machten einen äußerst kindischen Eindruck auf sie. Der eine, Erik Siegel, ein stämmiger, muskulöser Kerl mit einem hübschen Gesicht und zurückregelten blonden Haaren, war ihr bislang unbekannt gewesen. Mit dem anderen, Rudolf Michelini, einem großen und schlaksigen Rotschopf, hatte sie zuvor bei anderen Aufträgen für den Ring bereits zu tun gehabt.

Diese beiden schienen den Drang zu verspüren, allen anderen Anwesenden zu vermitteln, dass sie ein Wissen besaßen, über das sie offenkundig nicht verfügten. Hätten sie es gehabt, wäre es nicht nötig gewesen, Josefine zu bemühen.

Sie besaß eine gewisse Expertise, was das Öffnen von Schlössern aller Art betraf und wurde deshalb regelmäßig von der Bruderschaft des Rings, der sie angehörte, dazu gebeten, wenn diese Fähigkeit gebraucht wurde. So war es auch hier: Die anderen mussten hinter die Stahltür gelangen, konnten sie aber nicht öffnen, weshalb Josefine dazugeholt wurde.

»Sieht altmodisch aus. Ein Bogenschloss, denke ich«, gab Rudolf Michelini zum Besten, ganz eindeutig bar jeden Wissens zur tatsächlichen Beschaffenheit der Schließanlage.

»Unsinn. Das ist ein Scheibenschloss, ganz klar.« Hielt Erik Siegel dagegen.

Josefine unterdrückte ein Stöhnen, ihre Finger bereits an der kühlen Metallstruktur des Schlosses. Es handelte sich weder um ein Bogenschloss, noch war es ein einfaches Scheibenschloss. Die Komplexität, die sie unter ihren Fingerspitzen spürte, verriet ihr, dass dies eine Arbeit war, die eine ruhige Hand und einen scharfen Verstand erforderte.

»Wollt ihr die Frau, die sich damit auskennt, vielleicht einfach machen lassen?«, murmelte Oleksandra und büßte dabei einiges an der zuvor gezeigten Zurückhaltung ein, die sie für Josefine so sympathisch gemacht hatte, ohne dass jene Sympathie dadurch abnahm.

Eine seltsame, fast rituelle Stille setzte ein, als Josefine zu arbeiten begann. Ihre Werkzeuge waren eine einfache, aber effektive Auswahl: ein Spanner und ein Rakesatz, fein und präzise. Sie konnte die Blicke der Männer spüren, die sich geradewegs in ihren Rücken zu bohren schienen, als sie den Spanner in den Schlüsselkanal einführte und einen sanften Druck ausübte, der eine gleichmäßige Spannung erzeugte.

Der Mechanismus im Inneren war eine Herausforderung. Die Pins waren alt, wahrscheinlich verzogen, und es gab eine Art von Leim oder Schmutz, der sich im Laufe der Jahre angesammelt hatte und die Funktionsweise des Schlosses blockierte, wie Josefine sie sich vorstellte: Sich ohne den Einsatz eines passenden Schlüssels öffnen zu lassen.

Allerdings waren es genau diese Verschleiß- und Alterserscheinungen, die ihr Aufschluss darüber gaben, an welchen Stellen nach den Schwachstellen eines Schlosses gesucht werden musste. Mit dem Rake arbeitete sie sich vor. Die feinen Kanten tasteten über Metall, suchten nach der perfekten Ausrichtung.

»Vielleicht sollten wir es doch einfach mit der Flex versuchen«, flüsterte Erik im offensichtlichen Versuch, lustig zu sein, den aber niemand mit einem Lachen würdigte. Josefine versuchte, obwohl sie das nervte, konzentriert zu bleiben.

Wenn sie so vor einem Schloss auf dem Boden kniete und gänzlich dem Versuch erlag, es zu lesen und zu verstehen, verfiel sie regelmäßig in einen eigenartigen Rauschzustand. Es fühlte sich dann an, als würden weder sie noch das Schloss, das sie zu öffnen versuchte, noch existieren. Lediglich dessen Funktionsweise existierte noch und bildete in solchen Augenblicken die gesamte Existenz ab. Alles, was in solchen Momenten real war, war die richtige Einstellung der Bolzen im Schlossinnern gepaart mit dem richtigen Maß an Zug durch den Spanner. Es war Josefines ganz persönliches Glasperlenspiel, und sie tanzte ein Ballett aus Geduld und Präzision. Ihre Finger begannen zu schmerzen, was sie zur Kenntnis nahm, aber nicht spürte. Ein leises Pochen machte sich in ihren Handgelenken bemerkbar, was sie ebenfalls registrierte, aber keinen zugehörigen Schmerzimpuls vernahm. Die Welt außerhalb dieses Schlosses schien vollständig von ihr abgeschnitten, während sie sich auf die subtilen Klicks und Bewegungen konzentrierte, die sie im Innern desselben auslöste. Als Josefine ihre Schultern anspannte, den Blick zur Decke richtete und die Augen zusammenkniff, schien das bei den anderen den Eindruck zu erzeugen, sie gebe auf. Tatsächlich spürte sie ein winziges, fast unmerkliches Nachgeben in der Mechanik, ein letzter Pin, der passgenau einrastete und den Spanner frei drehen ließ.

Mit einem zufriedenen Lächeln zog Josefine ihn in einer Kreisbewegung herum. Die sie umgebende Welt wurde mit dieser Bewegung wieder klar und bekam erneut Konturen.

»Und das, meine Herren«, sagte sie, an Erik und Rudolf gewandt, während sie die schwere Tür aufzog, »ist, wie man ein Schloss öffnet, ohne sich in Fachsimpeleien ohne Grundlage zu ergehen.«

Josefine hielt die Tür auf, weshalb sie selbst neben dem Durchgang stand und daher den Geruch, der dadurch nach außen trat, als letzte wahrnahm. Die anderen verzogen bereits ihre Gesichter, als auch Josefine es roch. Es war ein beißender, stechender Geruch, der aus dem Raum zog. Oleksandra hielt sich ihren Ärmel vor Mund und Nase, Erik, der direkt einen Schritt auf den Durchgang zugemacht hatte, traten die Tränen in die Augen und er begann zu husten.

Enver tat es Oleksandra gleich und schützte seine Atemwege, indem er sie mit dem Kragen seines Mantels bedeckte. Dann trat er als erster der Gruppe ein, wodurch er einen Bewegungssensor auszulösen schien, durch den das Licht eingeschaltet wurde.

Die anderen folgten Enver in den nun hell, durch zwei große, an der Decke befestigte Strahler, erleuchteten Raum. Was sie vorfanden, war ein Anblick, der jedem von ihnen Rätsel aufgab: In der Mitte des Raumes stand ein großer Bottich aus Stahl, bis zum Rand mit einer klaren Flüssigkeit gefüllt, von der penetrante Gestank ausging. *Essig,* dachte

Josefine und Enver Rudolf, der sein Gesicht als einziger der Gruppe gänzlich unbedeckt gelassen hatte, sprach den Gedanken aus: »Essig.«

Um den Bottich herum waren sieben massive Salzsteine in einem auf den ersten Blick perfekt gleichmäßigen Heptagon platziert, das zugleich durch die verschiedenartige Beschaffenheit der Steine in ihrer Form und Färbung eine eigenartige Asymmetrie aufwies.

Außerhalb dieser eigenartigen Anordnung stand ein weiterer Behälter: ein riesiger, sicherlich anderthalb Meter hoher und einen ebensolchen Durchmesser aufweisender Trog aus Glas. Dieser war bis zum Rand gefüllt mit goldfarben schimmerndem, im grellen Licht der Deckenstrahler beinahe rötlich anmutendem, zähflüssigem Honig. Bei jeder Bewegung, die eine der Personen machte und sich dadurch die Schattenverhältnisse im Raum änderten, schien auch dieser Honig in Bewegung zu geraten.

Neben diesem Gefäß wiederum waren am Boden die Überreste einer primitiven Feuerstelle auszumachen, in der noch Reste von Asche und verkohlten Hölzern lagen. Im gesamten Raum standen oder lagen, scheinbar willkürlich verteilt, verschiedene Fläschchen mit undefinierbaren Substanzen, manche beschriftet, andere nicht.

Dazwischen fanden sich Blätter, die mit Josefine gänzlich unbekannten Symbolen bemalt waren. Auf den grauen Betonboden hatte jemand mit Kreide verschiedene geometrische Figuren gezeichnet.

Josefine merkte, wie sich ihr nun eine Reihe von Fragen aufzudrängen begann, die sie bald, ob ihrer schieren Masse, nicht mehr würde ignorieren können. Zu skurril und gleichzeitig in einem Maße erschreckend wirkte das Bild, das sich ihnen hier bot.

Erik trat nun vor und hob eines der Fläschchen hoch, nutzte dafür ein Papiertaschentuch, um es nicht direkt zu berühren. »Sie geht immer um den Baum herum und steht doch immer still«, las er vor, was auf dem aufgeklebten Etikett stand, während er die Flüssigkeit darin beobachtete, die sich träge bewegte.

Das gesamte Arrangement im Raum hatte etwas zeremonielles, Ehrfurcht gebietendes. Josefine beschlich ein Gefühl, als wäre sie mit Eintritt durch die Tür in eine absurde, fremde Welt gelangt. Ein Blick in die Gesichter der anderen ließ sie erahnen, dass diese allesamt einen ähnlichen Eindruck dieser merkwürdigen Situation gewannen.

»Was zum Teufel ist das hier?«, flüsterte Oleksandra. Ihr Gesichtsausdruck mäanderte zwischen schockiert und überwältigt.

Enver stand an dem Bottich mit dem Essig und starrte in die Flüssigkeit, als könnte er daraus das Geheimnis, das dieser Ort nicht preisgeben wollte, herauslesen, als könne ihm die Substanz Antworten auf Fragen geben, die bisher niemand zu stellen gewagt hatte.

Seine Miene schien nachdenklich, vielleicht sogar besorgt, doch sagte er nichts.

Schließlich riss er seinen Blick davon los und ließ ihn noch einmal durch den Raum schweifen, bevor er sich an die anderen wandte: »Raus hier.« War alles, was er von sich gab, doch mehr war in diesem Moment auch nicht nötig. Erik und Rudolf, die durch den obskuren Eindruck, den dieses Zimmer vermittelte, plötzlich zu absoluter Professionalität gefunden zu haben schienen, gingen voraus, Josefine folgte ihnen direkt. Oleksandra und Enver folgten.

Im Flur des Kellers herrschte einen weiteren Moment Stille, alle wirkten, als müssten sie sich sammeln.

Enver war es schließlich, der versuchte, die Situation zusammenzufassen: »Das Ganze hier ist sehr seltsam. Aber: Niemand von uns ist qualifiziert, einzuordnen, was es damit auf sich hat. Ich weiß, dass wir alle im Moment nicht ansatzweise verstehen, was es damit auf sich hat. Wir müssen uns noch jemanden dazu holen.«

»Morgenthau?«, fragte Erik.

Enver hatte die Stirn in Falten gelegt und nickte. »Genau den. Es hilft ja nichts.«

Er zog sein Smartphone heraus und warf einen Blick darauf. »Ich muss zum Telefonieren nach oben.« Sagte er. »Vielleicht sollten wir alle nicht mehr Zeit als zwingend nötig hier verbringen. Ich weiß nicht, wie gesund es für unsere Schleimhäute ist, das einzuatmen.«

»Ich habe einige FFP2-Masken in meinem Auto«, meldete Josefine sich zu Wort. »Vielleicht schadet es nicht, die zu tragen, wenn wir hier sind.«

Der Blick, den Enver ihr zuwarf, war wertschätzend, was Josefine verwunderte, da ihr nicht klar gewesen war, dass er einen solchen in seinem Repertoire hatte. »Hervorragende Idee.

Danke dir.« Sagte er und wandte sich zur Treppe.
Josefine folgte ihm.

21.59 Uhr

Kilian Morgenthau reichte dem Taxifahrer einen Fünfzigeuroschein. »Stimmt so.« Sagte er, löste seinen Gurt und stieg aus. Er stand an der Von-der-Pfordten-Straße, die um diese Uhrzeit wie ausgestorben schien. Nur gelegentlich hörte er die Geräusche vorbeifahrender Autos auf der Landsbergerstraße im Norden oder der Agnes-Bernauer-Straße im Süden. Das Anwesen, zu dem er gerufen worden war, lag im Schlangenwegerl, einem schmalen Verbindungsweg zwischen Von-der-Pfordten- und Vohburger Straße, der von Autos nicht befahren werden konnte. Er machte die letzten Meter bis zur Hausnummer 31 daher zu Fuß und fand sich schließlich vor einem in die Gartenmauer eingelassenen, gusseisernen Tor wieder, das erst aus der Nähe prachtvoll wirkte, während es aus einiger Entfernung noch einen eher schlichten Eindruck gemacht hatte. Das Tor war innerhalb der Mauer eingelassen, sodass sich davor noch ein Vorsprung befand, an dem Enver Berk rauchend lehnte. Durch die Bauweise des Durchgangs sah Morgenthau ihn erst, als er direkt am Tor angekommen war.

»Ich wusste nicht, dass Sie rauchen.« Anstelle einer Begrüßung. Berk drückte die Zigarette an der Mauer aus und schnippte sie auf den Weg. »Ich rauche auch nicht.« Antwortete er. »Schon seit acht Jahren nicht mehr.«

Er reichte Morgenthau die Hand. »Danke, dass Sie so schnell herkommen konnten. Wir brauchen hier dringend eine Einschätzung.« Und mit der ausgestreckten Hand fügte er noch hinzu: »Budapest, Alabama, Peyton Place.«

Enver Berk, ein stets korrekt gekleideter und äußerst strukturierter Mann, gehörte dem *Ring* an. Eine Vereinigung von Menschen, die es sich zur Aufgabe gemacht hatte, verschiedenes Wissen, das andere vergessen machen oder aus der Welt haben wollten, zu sammeln, zu schützen und bei Bedarf zugänglich zu machen. Ursprünglich war diese als eine Art geheime Bruderschaft im München des 13. Jahrhunderts von Handwerkern, Kaufleuten, Künstlern, Alchemisten, Gelehrten und Mönchen gegründet worden. Ziel war anfangs, Wissen, das die Kirche verbieten oder verschwinden lassen wollte, zu erhalten. Das Ziel des Erhalts des Wissens hatte sich über die Jahrhunderte nicht verändert. Lediglich war der Hauptgegner ein anderer geworden. Der Einfluss der Kirche war mittlerweile erheblich gesunken, auch wenn er bis heute fraglos existierte, jedoch fanden sich heute diejenigen, die Wissen verschwunden sehen wollten, hauptsächlich in der Politik oder der Wirtschaft. Morgenthau forschte seit Jahren zum Ring und seinen historischen Verknüpfungen. Als Professor der Geschichte und Philologie an der Ludwig-Maximilians-Universität zu München lag das zwar einerseits nahe, andererseits war er damit erstaunlicherweise eine Art Unikat.

Die Geschichte des Rings war hochinteressant und prall gefüllt mit spannenden Geschichten und bedeutenden historischen Persönlichkeiten. Allerdings war sie, im Gegensatz zu anderen mehr oder minder geheimen Organisationen wie den Illuminaten, oder solchen, die fälschlicherweise zu solchen verklärt worden waren, wie den Freimaurern, nie Teil der Populärkultur geworden.

Er, Morgenthau, selbst war kein Mitglied des Rings. Zwar waren in der Vergangenheit regelmäßig entsprechende Einladungen an ihn herangetragen worden, doch stets hatte er mit dem Hinweis abgelehnt, er wolle seine Forschung unbeeinflusst und ohne durch persönliche Gebundenheit getrübten Blick ausüben. Es sprach in seinen Augen sehr für den Ring und dessen Wahrung der eigenen Prinzipien, dass diese Begründung stets akzeptiert und sogar sehr gewürdigt worden war. Das war auch der Grund, weshalb er der Organisation ohne jedes Entgelt immer wieder zur Verfügung stand, wenn sie ihn anfragte, seine Einschätzung zu Vorkommnissen oder Sachverhalten zu liefern. Es verstand sich für ihn dabei von selbst, dass er das, was er dabei erfuhr, auch stets vertraulich behandelte. Alles andere wäre in seinen Augen ein Missbrauch des Vertrauens gewesen, das ihm entgegengebracht wurde.

Als ihn an diesem Abend der Anruf von Enver Berk erreicht hatte, hatte er daher seinen Pyjama, den er bereits getragen hatte, wieder abgelegt und sich von seiner Wohnung in der Ludwigsvorstadt ein Taxi in den westlich gelegenen Stadtteil Laim genommen. Berk war am Telefon nicht allzu auskunftsfreudig gewesen. Lediglich von einer eigenartigen, möglicherweise rituellen Anordnung verschiedener Gegenstände war die Rede gewesen. Aus Mangel weiterer Informationen und um Zeit zu sparen, hatte Morgenthau sich dazu entschlossen, keine Literatur mit sich zu führen. Lediglich das kleine Notizbuch, das er stets bei sich führte, steckte in seiner Manteltasche.

»Ehrensache. Ich freue mich immer, wenn ich helfen kann. Wenn ich dabei möglicherweise auch selbst noch etwas dazu lerne, dann mache ich das gleich noch viel lieber. Ach, und: Suezkanal.«

Morgenthau nahm Berks Handschlag an und erwiderte ihn. »Kommen Sie am besten gleich mit. Die Anordnung befindet sich im Keller.« Berk führte Morgenthau durch den, die gesamte, imposant anmutende Stadtvilla umgebenden Garten. Es handelte sich, wie Morgenthau wusste, um das Anwesen von Oskar Steinsaltz. Dieser war erst in der vergangenen Woche zum Ringmeister, also gewissermaßen zum Vorsitzenden des Rings, gewählt worden. Wenige Tage später hatte man ihn erschlagen in seiner Privatbibliothek aufgefunden. Das Beben, das dadurch innerhalb des Rings ausgelöst wurde, wurde nur von jenem übertroffen, das es außerhalb davon gab. Steinsaltz war Schriftsteller gewesen und aufgrund seiner teils extrem direkten, teils aber auch wahnsinnig vielschichtigen Werke gefeiert worden. Gleichzeitig hatte er sich eine ganze Reihe von Feinden dadurch gemacht, dass er gesellschaftliche Missstände oft gnadenlos direkt ansprach und die in seinen Augen dafür Schuldigen, zum Teil auch im Rahmen seiner Kunst, direkt benannte.

Dass er dabei niemals den einfachen Weg wählte, die Schuld per se bei Randgruppen zu suchen, machte ihn in den Augen vieler, die das tun wollten, um daraus Kapital zu schlagen oder von ihrem eigenen Versagen abzulenken, zur Persona non grata.

Das Feuilleton berichtete daher von Pressehaus zu Pressehaus – abhängig von dessen jeweiliger politischer – Ausrichtung sehr verschieden über das Ableben Steinsaltz. Die Berichterstattung reichte von den trauernden Nachrufen progressiver Medien über pietätvolle Meldungen und Porträts liberaler Verlagshäuser hin zu geschmacklosen Verrissen im rechtsradikalen Boulevard und dessen anhängender sogenannter Qualitätszeitungen. Im Internet ging es sogar so weit, dass die Plattform eines ehemaligen Journalisten, der sich nun als Propagandist der rechtsextremen Partei verdingte, sich dazu verstieg, eine kleine Reportage dazu zu drehen, warum Steinsaltz es nicht anders verdient hätte, als erschlagen zu werden. Einzig in einem waren sich alle einig: Mit seinem Tod war ein Mensch gegangen, der stets wichtige Debatten anstieß.

Die Suche nach Steinsaltz Mörder hingegen bereitete der Polizei offenbar Kopfzerbrechen, zumindest drangen von ihrer Seite aus keinerlei Meldungen über Fortschritte in ihren Ermittlungen an die Öffentlichkeit. So war es in den vergangenen Tagen zu einer Art geschmacklosem Running Gag in den sozialen Medien geworden, den Bruder des stellvertretenden Bayerischen Ministerpräsidenten der Tat zu verdächtigen, da dieser bekanntlich an allem Schuld war, für das niemand anderes geradestehen wollte.

An der breiten Steintreppe angekommen, die zur Haustür der Villa hinaufführen, hielt Berk inne und griff in die Tasche seines Lodenmantels. Er kramte eine in Plastik verschweißte FFP2-Atemschutzmaske hervor und reichte sie Morgenthau. »Die sollten Sie vielleicht aufsetzen.«

Auf Morgenthaus fragenden Blick hin ergänzten er: »Sie werden feststellen, dort unten riecht es nicht besonders angenehm.«

Diese Erklärung reichte Morgenthau absolut aus, und er riss das Plastik auf und entnahm ihm die Maske. Mit der Verpackung in der Hand sah er sich um, ob sich in der direkten Umgebung eine Art Mülleimer oder Ähnliches befand, in dem er diese entsorgen konnte, fand aber nichts. Sein Blick fiel dabei allerdings auf eines der Fenster im Erdgeschoss, das offenkundig eingeschlagen worden war.

»War denn vor Ihnen schon jemand hier, der sich gewaltsam Zutritt verschafft hat?«, fragte er, auf das Fenster weisend.

Berk schüttelte mit hochgezogenen Augenbrauen den Kopf. »Nicht, dass ich wüsste«, erwiderte er. »Es gab ein paar Komplikationen, als wir hier ankamen und daraus ergab sich dieser ...« Berk zog die Augenbrauen noch weiter nach oben, bevor er, mit einem »Unfall«, den Satz beendete. Morgenthau

wusste, dass seinem Gegenüber klar war, dass er
diese Bezeichnung nicht glauben konnte. Da er Berk
aber als einen stets gewissenhaften und integren
Menschen kannte und ihm die Beschädigung ganz
offensichtlich unangenehm war, beschloss er, nicht
weiter nachzufragen. Vermutlich war die Sache in
dessen Augen tatsächlich mit einem Unfall, dem er
nichts hatte entgegensetzen können, zu vergleichen.
Daher nickte er nur stumm.

Enver Berk, sichtlich dankbar für diese Geste des
Entgegenkommens, stieg voran die sechs Stufen der
Treppe hinauf und hielt die Haustür auf. Morgenthau
folgte ihm, setzte dabei die Atemschutzmaske auf
und spannte deren Gummibänder hinter seine
Ohren. Auch Berk setzte sich nun eine Maske auf. Er
führte ihn durch eine breit angelegte Eingangshalle
mit marmornem Boden, in der, trotz ihrer
Wuchtigkeit durch die jeweils alleinstehende
Platzierung dezent wirkende, antik anmutende
Vollholzmöbel standen. Die Halle mündete an ihrem
anderen Ende in einen breit angelegten Flur, von
dem mehrere Türen abgingen und an dessen Ende zu
sehen war, dass er in einen Wintergarten mündete.
Berk öffnete direkt die erste Tür auf der rechten
Seite und gab damit den Weg in das Treppenhaus
frei.

Bereits auf dem Weg über die hölzerne Treppe
nach unten stellte Morgenthau eine atmosphärische

Veränderung fest. Die Luft schien mit jeder Stufe, die er hinabstieg, trockener zu werden, was er dadurch registrierte, dass seine Augen gereizt reagierten. Außerdem nahm er den Geruch, den Berk zuvor gemeint haben musste, auch durch die Maske wahr. Es handelte sich um einen stechenden Gestank, den er sofort einzuordnen wusste.

»Essig, nicht wahr?«

»Ganz genau«, erwiderte Berk knapp. »Das ist nur ein Teil der merkwürdigen Dinge dort unten.«

Unten angekommen passierten sie eine Tür, die der, durch die sie das Treppenhaus betreten hatten, entsprach. Sie standen nun in einem Gang, der ebenfalls dem im Erdgeschoss entsprach. Vor einer offenen Tür, die zu einem Raum führte, in dem Licht brannte, stand eine Gruppe von Personen. Josefine Stuckmann und Rudolf Michelini kannte er bereits von früheren Kontakten zum Ring. Die anderen Anwesenden stellte Berk ihm als Erik Siegel und Oleksandra Bil vor. Sie standen in einer Art losem Halbkreis vor dem Durchgang und betrachteten die eigenartige Szenerie, die sich im Innern des Raumes bot.

Morgenthau trat einen Schritt hinein, um einen Eindruck davon zu gewinnen. Das Zimmer war weitläufiger, als er von außen erwartet hatte und von einer erdrückenden Stille erfüllt.

Er ging weiter hinein, um die darin befindlichen Objekte genauer betrachten zu können. Links der Raummitte stand ein großer, stählerner Bottich, der bis zum Rand mit Essig gefüllt zu sein schien, der in der grellen Beleuchtung der zwei gleißenden Lichtquellen an der Decke eigentümlich schimmerte. Er konnte sieben massive Salzsteine ausmachen, die sorgfältig in regelmäßigen Abständen und scheinbar unter perfekt berechneten Winkeln um den Bottich platziert waren.

Ein großer Glasbehälter, gefüllt mit goldgelbem Honig, stand etwas abseits dieser Anordnung. Lose, aber offenbar einer ganz eigenen Logik folgend, überall im Raum verteilt, standen Fläschchen, die mit undefinierbaren Substanzen gefüllt waren, und eine Feuerstelle, die erst vor nicht allzu langer Zeit genutzt worden zu sein schien, war ebenfalls auszumachen.

Morgenthau zog sich seine Gummihandschuhe über und begann, den Raum genauer zu inspizieren. Er betrachtete die Fläschchen und betrachtete sie. Er war versucht, an ihrem Inhalt zu riechen, doch selbst wenn er die Maske abnahm, würde der penetrante Geruch des Essigs alles übertünchen. Er bemerkte, dass einige der Fläschchen Beschriftungen aufwiesen, während andere nicht einmal Etiketten aufwiesen.

Neben den Fläschchen waren über den gesamten Boden, ebenso scheinbar willkürlich, Zettel und Dokumente mit hieroglyphischen Beschriftungen verteilt und dazwischen erkannte er unterschiedliche Kreidezeichnungen auf dem Boden.

»Das ist außergewöhnlich", flüsterte er, während er den Inhalt des Glasbehälters mit Honig untersuchte. »Jede Komponente hier spielt eine bestimmte Rolle in einem wohl orchestrierten Ritual.«

Oleksandra Bil trat hinter ihm in den Raum ein und fragte: »Kennen Sie die Bedeutung all dieser Dinge?«

Morgenthau war sich nicht sicher. Er hatte einen Verdacht, wie all das einzuordnen war. Ein Verdacht, der ihm bereits auf den ersten Blick gekommen war und der sich immer weiter erhärtete, je genauer er sich mit der Anordnung befasste. Allerdings hätte dieser Verdacht unter Umständen Implikationen, die den anwesenden Mitgliedern des Rings nicht gefallen könnten. Daher zögerte er, bevor er antwortete: »Einige Elemente dieses Arrangements sind sehr typisch. Die Kombination von Essig und Salzsteinen etwa. Sie repräsentieren Reinigung und Schutz.

Honig, gemeinsam mit Salz das vielleicht haltbarste Lebensmittel, das wir kennen, steht oft für Ewigkeit. In anderen Kontexten repräsentiert er ganz schlicht Süße oder aufgrund der Arbeit der ihn erzeugenden Bienen Fleiß. In einer solchen Menge findet man ihn in einem solchen Umfeld allerdings selten vor. Die Anordnung als Ganzes habe ich so noch nie real gesehen.«

»Wir denken, dass das ein Ritual ist, oder?«, platzte der Mann heraus, den Berk als Erik Siegel vorgestellt hatte.

»Einige von uns denken das. Andere hören sich lieber erst die Meinung des Experten an.« Wurde er umgehend von Josefine Stuckmann korrigiert.

»Der Gedanke ist bei einer solchen Anordnung natürlich recht naheliegend«, entgegnete Morgenthau und hob ein anderes der Fläschchen hoch, um es gegen das Licht zu betrachten. »Solche Flüssigkeiten könnten in so einem, wohlgemerkt rein spirituellen, Verfahren als Katalysatoren dienen, um ein Ritual zu intensivieren oder eine spezifische Wirkung hervorzurufen.«

Erik Siegel, trat nun ebenfalls in den Raum ein und fragte, direkt an Morgenthau gewandt: »Ich gehe davon aus, wir sprechen hier von einer alten und

komplexen Zeremonie, oder? Sie sagen, es hat
vermutlich einen spirituellen Hintergrund. Oskar
Steinsaltz war ein Mensch, der nicht gerade für seine
spirituelle Ader bekannt war. Was soll das hier
also?«

Morgenthau sah ihn nachdenklich an. Er mochte
es, wenn Menschen pragmatisch vorgingen und
direkt zur Sache kamen. Eine Eigenschaft, die viele
Mitglieder des Rings aufwiesen, ein Grund, weshalb
er sich immer wieder zu dieser Organisation
hingezogen fühlte. Im Moment allerdings bereitete
ihm genau dieser Umstand Schwierigkeiten. Wenn
das hier war, was er dachte, wäre Diplomatie
erforderlich. »Das sind genau die Fragen, die wir uns
stellen müssen.«

Enver Berk, das Gesicht wieder einmal in Falten
gelegt, sah ihn fragend an. »Und? Wie würden Sie sie
dann beantworten, wenn wir sie uns stellen?«

Kilian Morgenthau strich sich nachdenklich über
das Kinn, dann räusperte er sich.

»Es ist ...« Er zögerte, sichtlich ringend nach den
richtigen Worten, während er sich von den anderen
abwandte und die Kreidezeichnung eines perfekten
Quadrats auf dem Boden in Augenschein nahm. »Es

ist nicht meine Position, Spekulationen über die Angelegenheiten des Rings zu äußern. Aber ich kann nicht leugnen, was ich hier sehe.«

Siegel, der mittlerweile etwas entnervt wirkte, hakte nach: »Was sehen Sie genau? Bitte, wir brauchen Klarheit.«

Morgenthau schien in einem Zwiespalt zu stecken. Er war bewusst nie Mitglied des Rings geworden und wollte sich keinesfalls in interne Angelegenheiten einmischen oder Vorgänge anstoßen, die diesen in eine Krise stürzen könnten. »Es ist kompliziert«, murmelte er. »Dieses Ritual … sofern es sich tatsächlich um das handelt, was ich denke … ihm wurde in früheren Zeiten nachgesagt, es habe Macht. Es gehörte tatsächlich zu den umstrittensten seiner Art, da es, sollte es funktionieren, enorme Auswirkungen hätte. Das tut es aber nicht. Das kann nicht klar genug festgehalten werden. Es handelt sich hier um reinen Magieglauben. Was es aber leider nicht weniger problematisch macht.«

»Und warum ist das so problematisch?«, wollte Bil nun wieder wissen.

»Das Problem ist die Geschichte dieses Rituals und seine Verbindung zum Ring.« Rang Morgenthau sich zu seiner Antwort durch.

Rudolf Michelini, der bislang still geblieben war, ergriff das Wort: »Sie spielen auf das Ritual von 1787 an?"

Morgenthau nickte. »So ist es. Der damalige Ringmeister, Mathias Eder, der 29. Ringmeister, führte dieses Ritual immer und immer wieder durch. Er war besessen von der Idee, er könnte dadurch Macht an sich binden und sich andere Menschen unterwerfen. Damit ließ er aus heutiger Sicht nicht nur jede Wissenschaft über Bord fallen. Mit der Absicht, etwas Derartiges zu unternehmen, verriet er auch die grundlegenden Prinzipien des Rings.«

Alle Anwesenden hingen an Morgenthaus Lippen, gleichzeitig schien sich unter ihnen eine mehr als nur unangenehme Stimmung breitzumachen. Da er nun aber schon dabei war, fuhr er fort: »Mathias Eder wurde als Ringmeister abgesetzt. Bis heute ist er der Einzige, bei dem das geschehen ist. Das stellte eine Zäsur innerhalb des Rings dar und tut es bis heute, da das weder vorgesehen ist, noch irgendwo definiert wurde, wie in einem solchen Fall vorgegangen wird.«

Die Worte blieben im Raum stehen und wandelten sich in ein betretenes Schweigen. Schließlich war es Berk, der wieder das Wort ergriff: »Was Sie sagen, wiegt schwer. Wenn Sie mit dieser ersten Einschätzung tatsächlich richtig liegen sollten, dann haben wir ein Problem. Aber: Wir müssen vorsichtig sein.Das hier ist ein gefährliches Terrain. Und wir brauchen mehr Informationen.«

Michelini nickte. »Dennoch müssen wir den Rat umgehend informieren. Ich werde sofort die amtierende Ringmeisterin unterrichten.«

Er zog sein Mobiltelefon aus seiner Tasche und ging zur Treppe. Zurück blieben irritierte Mitglieder des Rings und Kilian Morgenthau, der sich nun die Frage stellte, weshalb er seinen Pyjama nicht anbehalten hatte.

23.46 Uhr

Bevor das Telefon geklingelt hatte, hatte die Stimmung im Raum bereits eine eigenartige Form gehabt. Sie war angespannt und zugleich gedrückt gewesen. Am ehesten hätte Ahuva sie als »kompakt« betitelt, doch schien ihr dieser Begriff unpassend dafür, die Atmosphäre innerhalb einer Gruppe zu beschreiben.

Dass sie eine derart eigentümliche Form annahm, lag in der Natur ihrer Sache, die sich wiederum durch ihre Umstände ergab: Es war die Sitzung des Rates des Rings in Vorbereitung auf die Wahl des neuen Ringmeisters. Letzterer stellte die oberste Instanz innerhalb der Organisation dar, wodurch es hier naturgemäß um Macht ging. Zwar nicht um Macht in dem Sinne, dass die gewählte Person im Anschluss an die Wahl über Untertanen verfügen konnte, aber immerhin um Macht, die es ihr erlaubte, die Geschicke des Rings zu leiten und damit die Richtung einer Organisation vorzugeben, die sich durchaus einigen Einflusses rühmen konnte.

Einen nicht zu unterschlagenden Einfluss auf die Stimmung hatte auch der Ort, an dem diese Versammlung stattfand. Da der Ring keine offizielle Institution im Sinne eines eingetragenen Vereins oder dergleichen war, hatte er auch keinen festen Sitz. Dies lag zum Teil in seinen Anfängen vor mehreren hundert Jahren begründet, als seine Mitglieder noch regelrecht von der Kirche verfolgt wurden. Unter derlei Umständen war es wenig ratsam, einen festen Ort zu haben, an dem man zuverlässig bei der Ausübung der von der Kirche geächteten Tätigkeiten anzutreffen war. Genau dieses Konzept hatte sich auch in späteren Zeiten als hilfreich erwiesen. In der Zeit des Faschismus in Deutschland, als München eine der großen Städte der Menschenfeinde war und der Ring (wie die Geschichte zeigte, vergeblich) versuchte, dem entgegenzuwirken, wurde es erneut überlebenswichtig, dezentral organisiert zu sein. Dies wurde vom Ring dann auch beibehalten, nachdem die selbst ernannten Herrenmenschen ihre verdiente Niederlage beigebracht bekommen hatten und auch in Zeiten, in denen der Ring nicht direkt von staatlicher Seite bedroht war, zog man es vor, diese Struktur beizubehalten. Niemand konnte wissen, wann es wieder so weit war, dass ein Irrer sich anschickte, die Menschheit ihrem Untergang ein

Stück weiter entgegenzuführen und die tumben
Massen ihn dafür mit Jubel bedachten. Da war man
besser vorbereitet.

Der Ring hielt solche Versammlungen nunmehr
seit einigen Jahren in einem ehemaligen
Tagungshotel außerhalb der Stadtgrenzen Münchens
ab. Das Gebäude gehörte einem Mitglied, das es
eigens dafür hatte herrichten lassen: Die
Grundfunktionen des Hotels waren erhalten
geblieben, doch die Wände funkdicht verkleidet
worden. Eine Reihe weiterer Maßnahmen und
Änderungen in der Bauweise hatten dazu geführt,
dass das frühere Hotel als Quartier eines
Geheimdienstes absolut geeignet gewesen wäre.

Es war komplett abhörsicher und darüber hinaus
vollständig isoliert und autonom von äußeren
Energiequellen oder Wasser, wenn es erforderlich
werden sollte. Das ehemalige Schwimmbad war
komplett umgerüstet worden und enthielt nun ein
Trinkwasserreservoir, das eine Gruppe von 50
Personen für über drei Monate versorgen konnte.
Derartige Maßnahmen möchten manchen überzogen
scheinen – Ahuva gehörte zu diesen manchen –
allerdings konnte es auch nicht schaden, im wirklich
allerschlimmsten Fall gerüstet zu sein.
Trotz all dieser baulichen Veränderungen hatte sich
das Gebäude den Charme eines Tagungshotels
erhalten. Und ein solcher war niemals dazu geeignet,

die Stimmung, der sich darin befindlichen Personen
großartig ins Positive kippen zu lassen.

Als das Telefon nun klingelte, änderte diese
eigenartige Atmosphäre sich abermals. Zu der zuvor
herrschenden angespannten Niedergedrücktheit
mischte sich nun eine Form der Ratlosigkeit und
Unruhe. Diese Kombination war keine, die Ahuva
wünschte, während sie in dieser Runde den Vorsitz
hatte. Allerdings war sie durch eine Reihe von
Umständen zustande gekommen, die außerhalb
ihrer Kontrolle lagen. Das missfiel ihr zutiefst, doch
für den Augenblick hatte sie keine andere Wahl, als
das hinzunehmen und schlicht zu reagieren.

Das Telefon war der einzige Kontakt nach außen
und ebenfalls der einzige von außen zu ihnen herein,
sobald am Gebäude sämtliche
Abschottungsmaßnahmen getroffen waren. Es stand
direkt vor Ahuva auf dem ringförmigen Tisch, um
den herum sie gemeinsam mit allen anderen
derzeitigen Mitgliedern des Rates saß. Es handelte
sich dabei um ein kabelloses, digitales Telefon. Wäre
es wenigstens ein schweres, altertümliches
schwarzes Telefon mit Wählscheibe und Spiralkabel
gewesen, so hätte Ahuva ihm, um seiner imposanten
Erscheinung wegen, noch zugestanden, sie in ihrer
Runde zu stören. Als dieses kleine Gerät nun aber in
einer Lautstärke, die Ahuva nicht für möglich
gehalten hätte, die Melodie irgendeines Popsongs,

den sie zwar kannte, aber nicht zuordnen konnte, von sich gab, hatte sie dafür keinerlei Verständnis.

Dennoch musste es extrem dringliche Nachrichten geben. Die Nummer dieses Anschlusses war maximal einer Handvoll Leuten bekannt und diese hatten klare Anweisung, sie nur im Notfall zu wählen. Ahuva hob daher die Hand, signalisierte den anderen Anwesenden damit, still zu sein und nahm das Gespräch entgegen. Ihre Stimme war ruhig, aber bestimmt. »Ja? Norrepli?«

Zunächst blieb die Leitung stumm, bis nach einigen Sekunden »Michelini«, vom anderen Ende zu hören war. »Wir sind hier auf etwas gestoßen.«

Ahuva spürte Sorge in sich aufsteigen. Gleichzeitig versuchte sie, den Schein zu wahren. »Sprechen Sie.«

Dann hörte sie schweigend zu. Während der Mann am Ende der Leitung sprach, legte sich ihre Stirn langsam in Falten. Als er geendet hatte, sagte sie lediglich: »Danke.« Und legte auf.

Sie sah in die Runde. Die Stille des Raumes, die nur vom gelegentlichen Rascheln eines Papiers unterbrochen wurde, schien für einen kurzen

Moment endlos. Ahuva betrachtete das schnurlose Telefon, das immer noch in ihrer Hand ruhte, und die Tiefe der Information, die sie gerade erhalten hatte, sank langsam in sie ein.

Ihre Gedanken führten sie zum Sextett der Beisitzenden. Diese Gruppe, ein alter und angesehener Teil des Rings, bestand aus einer Delegation von jeweils einer abgesandten Person aus jeder der sechs Gilden des Rings. Den Handwerkern, den Kaufleuten, den Künstlern, Alchemisten, Mönchen und Gelehrten. Es war nicht nur ein Symbol der Einheit des Rings, sondern auch ein lebendiges Zeugnis seiner komplexen politischen Struktur.

Im Laufe der Jahrhunderte hatte das Sextett eine bedeutende Rolle im Ring gespielt. Neben der Entscheidung, wer in den Rat berufen wurde, fiel in den seltenen Fällen, in denen die Wahl des Ringmeisters zu einer Pattsituation führte, das entscheidende Stimmgewicht in die Hände dieses Sextetts. Dieses stimmte in einem solchen Fall einheitlich für denselben Kandidaten, wodurch die Wahl definitiv entschieden wurde.

Auch die Wahl des Ratsvorsitzenden in Abwesenheit des Ringmeisters, der Position, die Ahuva derzeit innehatte, fiel in das Aufgabengebiet des Sextetts der Beisitzenden. Die Person, die dieses

Amt innehatte, nahm nach dem Tod eines Ringmeisters kommissarisch dessen Aufgaben wahr, bis ein Nachfolger gewählt war. In der Regel war dieses Amt daher nur wenige Tage lang besetzt. Nur in wenigen Ausnahmefällen wurde der Ring über einen längeren Zeitraum von einem oder einer Ratsvorsitzenden geführt.

Die Ausnahme von dieser Regel war Franz Schilling. Dieser war zum Ratsvorsitzenden in Abwesenheit des Ringmeisters ernannt worden. Anstatt jedoch, wie es üblich war, nur kurzfristig in dieser Position zu bleiben, blieb Schilling aufgrund verschiedener Umstände, Ereignissen sowie stets unklarer Mehrheitsverhältnisse innerhalb des Rates, nicht nur Monate oder Jahre, sondern ganze zwölf Jahre an der Spitze des Rings.

Er war während dieser Zeit nie offiziell Ringmeister, obwohl er in jeder Hinsicht die Macht und die Pflichten eines solchen innehatte. Nach dem Tod des ihm folgenden offiziellen Ringmeisters stellte Schilling sich jedoch zur Wahl und wurde als bislang einziger Ringmeister mit 17 Stimmen gewählt. Er wurde der 44. Ringmeister in der Geschichte des Rings und hält bis heute den Rekord für die längste zusammenhängende Amtszeit.

Ein solches Ergebnis stand heute nicht zu erwarten. Es gab aus der Runde der elf Ratsmitglieder zwei, die sich anschickten, den Posten zu übernehmen. Ahuva, in ihrer Position bis zur Abgabe ihrer Stimme der Neutralität verpflichtet, konnte dennoch nicht anders als zu hoffen, dass Clemens Stocker die Wahl verlieren würde. Er war ein Mönch und hatte sich bereits in der Vergangenheit mit Versuchen hervorgetan, den Ring enger an die Kirche zu binden und Wissen gegen Glauben einzutauschen. Dass das gegen die Grundprinzipien des Rings war, war die eine Sache. Wenn Stocker es schaffen sollte, zum Ringmeister aufzusteigen, wäre das egal. Er hätte dann genug Einfluss, einen derartigen Richtungswechsel dennoch in die Wege zu leiten.

Doch sie wichtig diese Richtungsentscheidung des Rings in den nächsten Stunden auch werden würde: Momentan hatten sie ein ganz anderes Problem und daher galt es für Ahuva zunächst, die aktuelle Situation zu analysieren. Rudolf Michelini hatte ihr am Telefon etwas Schwerwiegendes geschildert. Damit galt es nun umzugehen. Und dafür brauchte sie einen Augenblick der Ruhe, um ihre Gedanken ordnen zu können.

»Bevor wir fortfahren können, muss ich Sie bitten, den Raum für einen Moment zu verlassen.« Begann sie, ihre Stimme fest und bestimmt. »Es gibt einige Unregelmäßigkeiten, die zunächst geklärt werden müssen. Sobald ich Klarheit habe, werde ich Sie über

die Situation informieren und wir können
fortfahren.«

Ahuva sah in die Runde und blickte in fragende
und sorgenvolle Gesichter. Ein wenig schien es, als
habe sie mit ihrem Versuch, die Situation in den Griff
zu bekommen, indem sie sich etwas Ruhe aus erbot,
möglicherweise das genaue Gegenteil bewirkt. Doch
dann begannen sich die Ratsmitglieder schweigend
in Bewegung zu setzen.

Einer nach dem anderen erhob sich und verließ
den Raum. Als die Tür hinter dem letzten
Ratsmitglied geschlossen wurde, war Ahuva allein.
Die Stille war drückend, doch um ein Vielfaches
erträglicher als die vorangegangene Spannung.

Sie ließ ihren Blick über den großen Tisch
schweifen, an dem sie saß. Jedes Detail, jede Ecke
und Kante des Möbels zog in diesem Augenblick ihre
Aufmerksamkeit auf sich. Sie musste sich
konzentrieren, um einen klaren Gedanken fassen zu
können. Eigentlich wusste sie, dass es in diesem
Moment nur ein richtiges Vorgehen gab. Eines, durch
das alles geordnet vonstattengehen würde und sie
hoffentlich bald wieder Herr der Lage wären.

Sie griff sich den Hörer erneut. Die Nummer, die sie wählte, hatte sie, wie so viele, im Kopf. Es dauerte, bis abgehoben wurde und sich jemand mit schläfriger Stimme meldete. »Ephron.« Sagte sie. »Wir lösen Protokoll Y aus.«

2.58 Uhr

Nachdem er das Telefon aufgelegt hatte, setzte sich Egon auf den Bettrand und rieb sich den Schlaf aus den Augen. Es war zu früh. Er war ein Mensch mit einem geregelten Tagesablauf und wenn er den halten wollte, durfte es auch nachts nicht zu Unregelmäßigkeiten kommen. Er war vom Läuten seines Smartphones auf dem Nachttisch wach geworden. Schlaftrunken hatte er sich gemeldet, war dann, als er hörte, was in das Telefon am anderen Ende gesprochen wurde, aber direkt hellwach. Es war Ahuva Ephron, die amtierende Ratsvorsitzende gewesen, und sie hatte Protokoll Y ausgelöst. Das bedeutete zweierlei: Der Rat des Rings beauftragte ihn, eine Mission auszuführen, und der Ring hatte wohl große Schwierigkeiten. Die Protokolle W bis Z, so viel wusste Egon auf Anhieb, betrafen den amtierenden oder – in diesem Fall wahrscheinlicher, da es keinen amtierenden gab – einen vorherigen Ringmeister.

Egon hatte bestätigt, dass er die Anweisung erhalten und verstanden hatte und fähig war, ihr nachzukommen. Dann hatte er aufgelegt. Im Anschluss war seine plötzliche Wachheit, genauso schnell, wie sie gekommen war, wieder verflogen. Er musste sich ernsthaft zusammenreißen, um nicht wieder einzuschlafen.

Mit einem einzigen Kraftakt hievte er sich vom Bett hoch. Als er stand, wusste er, dass er nun nicht erneut einschlafen würde. Er griff sich seine Hose, die er am Vorabend über den Heizkörper in seinem Schlafzimmer gehängt hatte und schlüpfte hinein. Er wankte in sein Badezimmer, wo er sich am Waschbecken kaltes Wasser ins Gesicht spritzte, bevor er in die Küche ging und die ebenfalls bereits am Vorabend vorbereitete Kaffeemaschine einschaltete. Er wartete nicht, bis das Wasser durch den Filter in die Kanne gelaufen war, sondern ging, während es aufkochte, direkt in sein Arbeitszimmer.

Er öffnete eine Schublade seines Schreibtischs und holte ein Bündel versiegelter Umschläge heraus, von denen jeder mit einem anderen Buchstaben beschriftet war. Er suchte den heraus, auf dem ein Y prangte, brach ohne Umschweife das Siegel, zog das Papier aus einem Innern und begann, zu lesen.

Die Instruktionen waren klar: Er musste Einsicht in die für den Ring hinterlassenen Dokumente des verstorbenen Ringmeisters nehmen. Egon wusste, an wen er sich dafür wenden musste. Er las weiter.

Nachdem er die Instruktionen vollständig aufgenommen hatte, goss er sich eine Tasse Kaffee ein. Er setzte sich damit an seinen Küchentisch, öffnete seinen Laptop und verfasste eine kurze E-Mail, die er abschickte.

Nach dem Versenden der Mail stürzte er die Tasse und verbrühte sich dabei den Gaumen, was er mit einem lauten Fluchen quittierte. Er ging ins Badezimmer, putzte sich eilig die Zähne und zog sich einen hellblauen Pullover mit einem aufgestickten π-Symbol über. Er schlüpfte in seinen warmen Mantel und die Schuhe und verließ seine Wohnung in der Schwanthalerhöhe. Die Straßen waren still, und der schwache Schein der Straßenlaternen warf gespenstische Schatten auf den Gehweg. Als er in der Dunkelheit über den Bavariaring hastete, spürte er, wie sich der Druck, der bislang unter der Müdigkeit begraben gelegen war, langsam Bahn brach.

Während er sich zu Fuß durch die nächtlichen Straßen bewegte, spürte er das Gewicht der Verantwortung auf seinen Schultern.

Protokoll Y bestand aus mehreren Teilen. Den einen hatte er zuvor durch das Abschicken der Mail bereits erledigt. Nun hing es von deren Empfänger ab, sich zurückzumelden. Egon würde in der Zwischenzeit einen Besuch erledigen. Bei diesem würde er erfahren, was tatsächlich vorgefallen war und welche Wahrheit dahintersteckte.

Diese Wahrheit musste dann umgeformt werden. Das Protokoll sah vor, dass eine zweite Geschichte geschaffen wurde, die Elemente der Wahrheit enthielt und dadurch plausibel anmutete, gleichzeitig aber gänzlich unverfänglich war. Diese Geschichte konnte dann präsentiert werden, falls jemand anfing, Fragen zu stellen.

Egon hatte einen Kontakt, Schaller, der dafür bestens geeignet war. Um eine plausible Geschichte auf die Beine zu stellen, brauchte dieser allerdings die Wahrheit und die kannte Egon derzeit selbst noch nicht. Deshalb war er jetzt gerade unterwegs.

Er musste zur Wächterin des Faktischen. Diese war eine von mehreren Personen mit einer Wächterfunktion innerhalb des Rings. Diese Wächter wurden unabhängig von der Stufe, die sie innerhalb der Organisation bereits erklommen hatten, berufen, wenn sie für eine spezielle Aufgabe benötigte Eigenschaften aufwiesen. Die Wächter des Rings waren nicht nur Hüter von Wissen, sondern auch Bewahrer der Geschichte und der Wahrheit des Rings.

Um das wertvolle Wissen und die Geheimnisse des Rings vor äußeren und inneren Bedrohungen zu schützen, war es in der Geschichte des Rings zu einem dezentralen System des Wissensmanagements gekommen. Dieses System stützte sich auf verschiedene Wächterpositionen, die jeweils für verschiedene Aspekte des Wissens zuständig waren.

Die Wächterin des Faktischen war beispielsweise verantwortlich für das objektive, unveränderte Wissen. Sie bewahrte Fakten, Daten und Chroniken auf und sorgte dafür, dass sie unverfälscht blieben. Dann gab es den Wächter des Gedächtnisses, der dafür sorgte, dass das kollektive Gedächtnis des Rings – die Erinnerungen und Erfahrungen über Generationen hinweg – bewahrt wurde. Der Wächter des Potenzials wiederum hielt das Wissen über die zukünftigen Möglichkeiten und Wege des Rings. Jede dieser und viele weitere Wächterpositionen war entscheidend, um die Integrität des Rings zu erhalten.

Egon erreichte die Wohnung der Wächterin des Faktischen in einer Seitenstraße in Untersendling. Sie waren sich zuvor erst einmal begegnet, doch sie hatte auf ihn einen enorm kompetenten Eindruck gemacht. Nun würde sie unter Beweis stellen müssen, ob dem tatsächlich so war, oder ob das nur Fassade war.

Egon trat an das Klingelschild und betätigte den Knopf, auf dem ihr Name stand.

4.31 Uhr

Chinelo Okafor goss das heiße Wasser durch den integrierten Siebeinsatz in die Teekanne, die bereits mit zwei Tassen auf einem runden Holztablett stand. Sie griff das Tablett und trug es aus ihrer Küche in das Wohnzimmer. Egon Sachs saß an ihrem Esstisch und sah sie abwartend an. Er wirkte in sich ruhend, was es Chinelo erleichterte, ebenfalls ihr Gemüt zu beruhigen. Sie hatte unter keinen Umständen damit gerechnet, derart schnell in ihrer Funktion als Wächterin des Faktischen aktiv werden zu müssen. Im Grunde klang dieser Titel hochtrabender, als es die Rolle, die mit ihm verbunden war, tatsächlich gestattet hätte. Innerhalb des Rings gab es verschiedene »Wächter«-Positionen. Diese hatten im Kern den Zweck, das Wissen der Organisation möglichst zu dezentralisieren und sensiblere Informationen sowie Geheimnisse zu schützen. Die meisten der einzelnen Wächterinnen und Wächter bewahrten daher nur einen Bruchteil eines bestimmten Wissensteils. Im Ursprung war die Idee recht einfach gewesen: Als der Ring im 13. Jahrhundert seine Anfänge nahm, waren Kirche und Inquisition keine großen Anhänger der Verbreitung von Wissen. Der Ring, der es sich zur Aufgabe gemacht hatte, Wissen zu sammeln, zu archivieren und zugänglich zu machen, wurde von ihnen daher als eine Art Gegenspieler empfunden. Für diejenigen, die das betraf, hatte dieser Umstand allerdings weniger von einem Spiel, vielmehr war es ständige Lebensgefahr, der sich die Mitglieder des Rings ausgesetzt sahen.

Um zu vermeiden, dass die Bruderschaft in ihrer Gänze auffliegen und zerschlagen werden konnte, sollte ein einzelnes Mitglied verschleppt und gefoltert werden, entschied man sich dazu, dass die wechselnden Orte, an denen sie sich traf, nur dann gefunden werden konnten, wenn man mehrere Informationen dazu besaß.

Diese einzelnen Informationen bewahrten jeweils verschiedene Mitglieder des Rings, die ersten Wächter. Die Informationen zum nächsten Treffpunkt, die sie jeweils erhielten, waren derart vage oder kryptisch, dass sich aus einer einzelnen davon niemals der konkrete Treffpunkt ermitteln ließ. Selbst wenn also ein Wächter gefangen genommen und unter Folter zu einer Aussage gezwungen werden konnte, so war er gar nicht in der Lage, mehr zu verraten, als eine Information, mit der isoliert niemand etwas anfangen konnte. Dieses Vorgehen wurde im Laufe der Geschichte dann ausgeweitet. Nicht nur die Treffpunkte wurden »zerstückelt«, auch Botschaften mussten von mehreren Personen eingeholt werden, um sie vollständig zu verstehen. Oft musste auch ein Rätsel gelöst werden, um vom jeweiligen Wächter dessen Bruchteil der Information zu erhalten. Diese Rätsel waren teilweise hochkompliziert, teilweise sehr plump und so formuliert, dass Außenstehende, die hörten, wie sie einem Ringmitglied gestellt wurden, gar nicht mitbekamen, dass es sich dabei um ein Rätsel handelte.

Es entstand daraus mit der Zeit eine Art codierter Sprache, mittels derer sich Angehörige des Rings innerhalb einer Gruppe gegenseitig erkennen konnten, indem sie in ein Gespräch unauffällig ein Rätsel einflochten, dessen Lösung ein anderes Mitglied ebenso unauffällig in seine Erwiderung einflocht.

Die Dezentralisierung des Ringwissens ging teilweise sogar so weit, dass wichtige Dokumente zerteilt und an verschiedene Wächterinnen und Wächter gegeben wurden. Eine Vorstellung, die Chinelo als Bibliothekarin und Archivarin gruselte, auch wenn ihr die Notwendigkeit eines solchen Vorgehens unter bestimmten Umständen natürlich einleuchtete. Aus reinen Gesichtspunkten der Ästhetik, Pietät und dem Respekt vor dem geschriebenen Wort war ihr ein derartiges Vorgehen allerdings zutiefst zuwider. Sie war daher froh darüber, dass für ihre Wächterposition eine andere Form der Zerstückelung vorgesehen war. Als Wächterin des Faktischen bewahrte sie das Wissen der Ringmeister, das diese nicht weitergegeben wissen wollten. Es handelte sich dabei um ein Sammelsurium an Informationen, die teils peinlicher oder verwerflicher oder gefährlicher, teils hochsensibler und juristisch heikler bis strafbarer und teils schlicht unerquicklicher und für den Betreffenden ärgerlicher Natur waren. Wenn ein neuer Ringmeister sein Amt antrat, dann durchforstete er sein Gehirn und die Bestände seiner Aufzeichnungen nach derartigen Begebenheiten. Dies war essenziell, um die Ehre und die Würde des Rings von der jeweiligen Führungsfigur loslösen zu können. Sollte etwas Belastendes über den Ringmeister publik werden, so verfügte der Ring bereits über die entsprechende Information und könnte entweder eine Gegendarstellung liefern oder klar begründen, weshalb dies nichts mit den Geschäften der Organisation zu tun hatte.

Durch die Vorgehensweise, dass die entsprechende Information nur bei einer Person lag, war darüber hinaus gesichert, dass sie sich nicht unkontrolliert verbreitete. Diese einzelne Person verfügte außerdem nur über Bruchstücke davon, die sie vom jeweiligen Ringmeister persönlich mitgeteilt bekommen hatte. Der Rest, die Ergänzung und Vervollständigung wurde von den Ringmeistern niedergeschrieben und in einem Umschlag versiegelt, der an einer Stelle abgelegt wurde, auf den auch der Wächter oder die Wächterin des Faktischen allein keinen Zugriff hatte. In Chinelos Fall stellte es sich so dar, dass sie sich erst in der vergangenen Woche mit Oskar Steinsaltz, dem frisch gewählten, mittlerweile aber bereits verstorbenen Ringmeister getroffen hatte. Dieser hatte ihr eine ganze Reihe derartiger Details in verkürzter und teilweise auch offensichtlich verstümmelter Form erzählt. Chinelo hatte ihm zugehört und sich alles gemerkt, ohne Rückfragen zu stellen.

Im Anschluss hatte Steinsaltz ihr den versiegelten Umschlag überreicht und Egon Sachs, der nun schon wieder bei ihr saß, war dazugekommen. Gemeinsam hatten sie den Umschlag in den ausschließlich dafür vorgesehenen Safe in Chinelos Archivraum gelegt und Sachs hatte ihn verschlossen.

Nun saß der Mann, von dem sie alle drei bei diesem Termin gehofft hatten, dass er sie niemals in einer solchen Angelegenheit würde konsultieren müssen, am Esstisch in ihrem Wohnzimmer und sie goss ihm Tee ein.

Auch ihre eigene Tasse füllte sie, bevor sie sich ihm gegenüber niederließ. »Im Groben ist mir natürlich klar, weshalb Sie nun hier sind.« Begann sie und schaffte es dabei, ihre Stimme ruhig zu halten. »Wenn Sie wenige Tage nach dem Tod des Ringmeisters in aller Frühe bei mir aufschlagen, liegt das ja auch ziemlich auf der Hand.«

Sachs nickte und pustete auf seinen Tee.

»Ich weiß natürlich nicht, ob Oskar Steinsaltz mir genau die Informationen überlassen hat, die Sie nun benötigen. Ich bin in meinem Wissen insofern limitiert, als ich nur das wiedergeben kann, was mir selbst mitgeteilt wurde.« Fuhr sie fort.

Erneut nickte Sachs bedächtig. »Selbstverständlich. Wir müssen nun alle im Ring einfach hoffen, dass Steinsaltz uns genau zu diesem Umstand etwas hinterlassen hat. Weil die Zeit etwas drängt, würde ich im Sinne dieser Hoffnung daher gleich zum Punkt kommen: Es geht um einen versteckten Raum in seinem Keller.«

Nun war es Chinelo, die nickte. »Dazu habe ich tatsächlich Informationen.«

Sie nahm einen Schluck von ihrem Tee, sah Sachs an und wartete ab, ob er noch irgendetwas zu ergänzen hatte. Da von ihm aber nichts kam als ein abwartender Blick, fuhr sie fort: »Was ich weiß: Oskar Steinsaltz war, wie Sie sicherlich wissen, ein tiefgründiger und komplexer Mann. Er war besessen von der Geschichte des Rings und als Schriftsteller lag es auf der Hand, dass er auch von Geschichten im Allgemeinen fasziniert war. Er hegte daher eine gewisse Leidenschaft, man könnte es, so wie er es formulierte, sogar fast als eine Obsession bezeichnen, für Mathias Eder.«

Mathias Eder, das war Mitgliedern des Rings gemeinhin bekannt, war der 29. Ringmeister gewesen. Dieser versuchte, nachdem er bereits mehrere Jahre im Amt gewesen war, mittels okkulter Rituale, Macht an sich zu binden. Da dies nicht nur aus wissenschaftlicher Sicht absolut blödsinnig war, sondern auch gegen die grundlegenden Prinzipien des Rings verstieß, wurde er, als bislang einziger Ringmeister, seines Amtes enthoben. Das war vorrangig deshalb ein einschneidender Vorgang, weil weder zu diesem Zeitpunkt noch irgendwann später ein solcher Fall in den Statuten der Bruderschaft vorgesehen war.

Chinelo fuhr fort: »Es scheint, als hätte Steinsaltz versucht, dessen Geschichte des nachzuvollziehen, um herauszufinden, was genau mit ihm geschehen war. Es war ihm wichtig, die Regelungslücke zu schließen, die durch die nicht definierte Absetzung eines Ringmeisters entstanden war.«

Chinelo machte eine kurze Pause, um Egon die Möglichkeit zu geben, die Informationen zu verarbeiten. Sie nahm einen weiteren Schluck Tee und fuhr fort: „Es wirkte jedoch ein wenig so, und ich spreche jetzt ganz offen lediglich von dem persönlichen Eindruck, den ich in unserem Gespräch gewinnen konnte, als ob er im Verlauf seiner Forschung eine Art wahnhafter Faszination für Eders Ritual entwickelt hat. Es ist schwer zu sagen, wie tief diese Besessenheit ging oder welche Konsequenzen sie hätte haben können.«

Egon runzelte die Stirn, während er versuchte, die Tragweite dessen, was ihm mitgeteilt wurde, zu erfassen. »Das klingt alarmierend«, sagte er schließlich.

Chinelo nickte. Als alarmierend hatte sie es zwar nicht empfunden, als Steinsaltz ihr davon berichtet hatte, eher als eine eigenartige Marotte. Dass Sachs nun allerdings genau in dieser Angelegenheit zu ihr kam, sprach dafür, dass es genau das sein könnte. Da sie nicht mehr wusste als das, was sie preisgegeben hatte, war es nun wohl an der Zeit, den Tresor zu öffnen und sich Steinsaltz eigene Ergänzungen zur Thematik anzusehen.

Sie führte Sachs in das Zimmer, in dem sie ihr persönliches Archiv aufbewahrte. In fünf Reihen hatte sie hier metallene Industrieregale aufstellen lassen, in denen sich Akten, Dokumente, Bücher und

Antiquaren der verschiedensten Art stapelten. Der Raum wurde dominiert vom dezenten Rattern des Luftentfeuchters, den sie hier permanent laufen ließ. Chinelo steuerte zielstrebig auf die letzte Reihe der Regale zu, in der, ganz am Ende, der Tresor mit dem digitalen Eingabefeld stand. Sie wollte ihrem Besucher den Weg dorthin frei machen, doch Sachs sagte nur: »Öffnen Sie ihn.«

Auf ihren fragenden Blick hin strich er seinen Pullover glatt. Chinelo verstand, drehte sich zu dem Panzerschrank und gab die sechsstellige Zahlenkombination ein, die dessen Schließmechanismus öffnete. Die Tür sprang auf und sie entnahm einen Stapel einzeln versiegelter Umschläge.

Mit diesem im Gepäck gingen die beiden zurück ins Wohnzimmer und nahmen erneut am Esstisch Platz. Steinsaltz hatte die Umschläge dankenswerterweise von außen mit Schlagworten beschriftet, sodass Chinelo zielsicher nach dem greifen konnte, auf dem »Keller« geschrieben stand. Vor Sachs Augen brach sie das Siegel und zog ein eng beschriebenes Blatt Papier heraus, das sie ihm reichte.

Dieser überflog das Blatt und ließ es sinken. »Es scheint, als hätte Steinsaltz die Ereignisse von damals sehr genau rekonstruiert«, murmelte er mit abwesendem Blick. »Ich lese hier eine Reihe von Details, die mir bislang gänzlich unbekannt waren.«

Sein Blick wirkte nun sorgenvoll, Chinelo war inzwischen ernsthaft interessiert an dem Inhalt dessen, was Steinsaltz notiert hatte.

»Wenn das bekannt wird, hätte es durchaus das Potenzial, das Ansehen des Rings, der Position des Ringmeisters und der Person Oskar Steinsaltz erheblich und nachhaltig zu schaden.« Sagte er nun, während er ihr das Papier über den Tisch herüberschob, damit auch sie es lesen konnte. »Ich muss gleich Schaller informieren. Ich hoffe, er findet dafür eine ordentliche Lösung.«

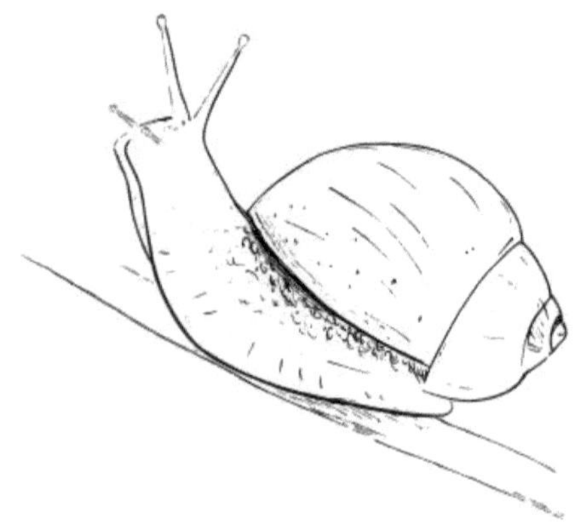

6.49 Uhr

Alexander Schaller saß in einem Café und trank einen schwarzen Kaffee, während er an einer Nussschnecke knabberte. Neben sich auf dem Tisch hatte er einen braunen Umschlag abgelegt, in dem sich allerhand Notizen, Grafiken, Tabellen und Texte befanden. Diese ergaben in ihrer Gänze eine Geschichte, die niemand würde hören wollen, weil sie nicht sonderlich interessant war. Und genau das war der Zweck der Übung. Schaller hatte zwei Mottos, nach denen er seine gesamte Arbeit ausrichtete. Das erste lautete: »Die beste Vertuschung ist dermaßen langweilig, dass sich niemand mit ihr beschäftigt.« Das Zweite: »Wahrheit ist eine Entscheidung.«

Mit diesen beiden Wahlsprüchen fuhr er gut in dem, was er tat. Sie hatten ihn zu einem gefragten Mann gemacht, der immer dann gerufen wurde, wenn es galt, Vorkommnisse oder Handlungen, die seine Klienten nicht im Lichte der Öffentlichkeit oder unter dem Brennglas behördlicher Ermittlungen sehen wollten. Dabei war Schaller kein großartiger Geschichtenerzähler. Die Szenarien, die er entwarf, fesselten nicht, im Gegenteil. Nicht, dass er dazu nicht imstande gewesen wäre. Schaller war durchaus in der Lage, Geschichten zu erfinden, die alle, die sie hörten, unweigerlich in ihren Bann zogen und nicht wieder losließen. Doch das tat er in der Regel nicht.

Schaller war kein Geschichtenerzähler. Er war der Vertuscher.

Bereits früh hatte er die unfassbare Macht des Trivialen erkannt. Einer fesselnden Erzählung gaben sich alle nur zu gerne hin. Sie vertieften sich in sie, hinterfragten sie und widmeten ihr ihre volle Aufmerksamkeit. Genau deshalb bestanden seine Szenarien in erster Linie aus langweiligem, lapidarem und unsäglich trivialem.

Weil er darin nicht nur gut war, sondern der beste der Stadt, vielleicht sogar des Landes, genoss er den Komfort, sich seine Klienten aussuchen zu können. Bevorzugt arbeitete er dabei für Untergrundler.

Personen, die außerhalb des großen, organisierten
Verbrechens ihr Handwerk betrieben, waren ihm die
liebste Kundschaft. Im aktuellen Fall jedoch arbeitete
er für jemand anderen und das sogar ohne jedes
Entgelt. Etwas, das einem Alexander Schaller sonst
im Traum nicht eingefallen wäre.

Doch im speziellen Fall war der Auftraggeber
niemand, den Schaller als Kunden bezeichnet hätte.
Vielmehr fasste er dessen Erledigung als eine Art
Freundschaftsdienst auf. Für den *Ring* hatte er eine
Geschichte über dessen erst kürzlich verstorbenen
Vorsitzenden entwerfen sollen. In dessen Keller
waren eigenartige Dinge in einem verborgenen
Raum gefunden worden und man wollte für den Fall,
dass dies an die Öffentlichkeit drang, eigenartige
Gerüchte aufkamen und in der Folge eine
Gegendarstellung erforderlich wurde, gewappnet
sein. Für Schaller war es eine Sache der Ehre, diesen
Auftrag nicht nur anzunehmen, sondern ihn auch
noch zu priorisieren und nicht zu berechnen.

Der Ring war eine Organisation, die sich dafür
einsetzte, stets die Wahrheit zu finden und
zugänglich zu machen. Und auch wenn es
widersinnig erscheinen mochte, schätzte Schaller
das in besonderem Maße. Gemäß seinem zweiten
Motto, »Wahrheit ist eine Entscheidung«, legte er
selbst größten Wert darauf, selbige immer
vollständig, zumindest soweit möglich, zu kennen,

wenn er einen Auftrag annahm. Er hielt es, auch wenn die Ereignisketten, die er selbst erdachte, zumeist erfunden waren, stets für das zielführendste, dabei mit so viel Wahrheit wie irgend möglich zu arbeiten. Nichts war trister und damit glaubwürdiger, als die Realität und die Wahrheit.

So lag es im Fall des eigenartigen Zimmers des verstorbenen Ringmeisters für Schaller auf der Hand, sich auch hier so nah wie möglich an der Realität zu orientieren. Der Verstorbene hatte seinen Lebensunterhalt als Schriftsteller verdient. Bekannt war, dass sein jüngstes, bis zu seinem Tod nicht fertiggestelltes Werk den Titel »Im Puppenhaus« tragen sollte. Mehr war über das Buch nicht an die Öffentlichkeit gedrungen, doch Schaller hatte kurzfristig einige Kontakte spielen lassen können, um mehr zum Inhalt zu erfahren: Es ging darin um einen Mann, der sich plötzlich im Innern eines gespenstischen Puppenhauses wiederfindet und von Raum zu Raum irrend versucht, wieder herauszulangen.

Mit dieser Information konnte er arbeiten: Es war mehr als naheliegend, dass der Schriftsteller sich zur besseren Umsetzung seiner Ideen einen Raum in seinem Haus dafür reserviert hatte, die eigenartigen Räume aus dem Puppenhaus in seinem Buch zu modellieren. Schaller hatte Zeichnungen angefertigt, die die Einrichtung des Raumes in Kapiteln zeigte, die bereits geschrieben waren. Was sich nun darin befand, diente einem Kapitel, das der Verflossene tragischerweise nicht mehr zu verfassen im Stande gewesen war.

Diese Erklärung der Angelegenheit erschien Schaller dermaßen naheliegend, dass er sich beinahe dafür geschämt hätte, dafür auch noch Geld anzunehmen.

Nun saß er im Café nahe seiner eigenen Wohnung und wartete darauf, dass seine Kontaktperson eintraf, die seinen Entwurf abholen sollte. Um wen es sich dabei handeln würde, wusste er nicht, bis eine hübsche Frau mit lockigen Haaren ihm gegenüber an seinem Tisch Platz nahm. Er sah sie an und versuchte, sie einzuschätzen. Sie schien noch recht jung zu sein, jünger als Schaller selbst, der mit seinen 30 Jahren ebenfalls noch nicht allzu viel auf dem Buckel hatte. Sie hatte eine neugierige Ausstrahlung und wirkte selbstsicher, wenn auch nicht selbstbewusst. Ihre Kleidung war schlicht, zu einer Jeans trug sie eine einfarbige dunkelgrüne Bluse und als einziges Schmuckstück eine dünne Kette, an der ein kleiner Schlüssel hing. Schaller sah sie einige Augenblicke an, dann registrierte er ein leichtes Zittern ihrer linken Hand.

Sie war also doch nicht vollkommen ruhig.

Er beschloss, sie einem kurzen Test zu unterziehen. Zwar war er sich sicher, dass sie zum Ring gehörte. Er war zwar ein freundlicher Mensch, aber machte auf viele Unbekannte nicht den Eindruck, den jemand erweckt, zu dem man sich gerne ungefragt dazusetzt. Dennoch wollte er einschätzen können, welchen Stand diese Person, der er seine Arbeit nun überlassen sollte, innerhalb des Rings wohl haben mochte. Deshalb wählte er einen Klassiker.

»Sophie, Mehmet.« Sagte er und sah sie fragend an. Die Frau wirkte zunächst irritiert, dann grübelte sie einen kurzen Moment, bevor sie antwortete: »Hans.«

Schaller nickte und schob ihr den Umschlag über den Tisch herüber. Sie nahm ihn an sich und stand direkt wieder auf.

»Vielen Dank.« Sagte sie und wirkte dabei nun deutlich unsicherer als noch zu Anfang. Schaller nickte und die junge Frau machte sich eilends davon. Er grinste. Da schickte man ihm für so einen wichtigen Auftrag doch glatt jemanden, der mit dem Ring noch nicht lange zu tun haben konnte.

8.04 Uhr

Manila hatte den Vertuscher erkannt, auch wenn er offensichtlich keinen Schimmer davon hatte, wer sie war. Dazu hätte es freilich auch keinen Anlass gegeben. Sie befand sich innerhalb des Rings auf der untersten Stufe, war eine sogenannte Ringanwärterin. Damit war sie, zumindest rein nominell, nicht einmal wirklich Mitglied des Rings. Auf dieser Stufe hatte man Zugang zu den meisten Bereichen des Rings, durfte Einsicht in vielerlei Dokumente, Unterlagen und andere Medien nehmen, die das Wissen des Rings transportierten, aber man hatte noch keinen Eid abgelegt. Das bedeutete, man hatte kein Stimmrecht innerhalb der Gilde oder in Angelegenheiten, den gesamten Ring betreffend, es gab viele Informationen, die einem vorenthalten wurden und man wurde ganz allgemein nicht als ein vollwertiges Mitglied behandelt. Aufgaben wurden einem dennoch auferlegt, so wie Manila gerade. Und meist waren es solche Aufgaben wie die ihre in diesem Augenblick: einfache Botengänge.

Auf welcher Stufe Schaller sich befand, wusste Manila nicht, sie kannte ihn aber auch nicht aus dem Ring. Zwar wunderte es sie nicht, dass jemand wie er zu einer solchen, von Geheimnissen umrankten Organisation gehörte, doch er war auch außerhalb davon immer wieder präsent. Nicht in der großen Öffentlichkeit, aber in speziellen Kreisen.

Er war der Vertuscher. Ein Mann, der mit nahezu perfekter Zuverlässigkeit Alibis oder Ausreden für Kriminelle erfand, oder für diese spektakuläre Clous plante. Es wurde sogar gemunkelt, dass er das geheime Mastermind hinter dem Raub der Wittelsbacherkrone aus der Münchner Residenz war.

Was er nun im Auftrag des Rings entworfen haben mochte, war Manila ebenso wenig klar. Sie versuchte aber auch, es nicht zu hinterfragen. Ihre Aufgabe war, den Umschlag von ihm entgegenzunehmen und ihn an einer Adresse etwas außerhalb im Münchner Westen abzuliefern.

Sie öffnete die Fahrertür ihres schwarzen Toyota Yaris, beugte sich hinein und legte den Umschlag auf dem Beifahrersitz ab, bevor sie selbst hineinschlüpfte und sich setzte.

Mittlerweile ging die Sonne langsam auf. Der Winter war wieder einmal wärmer als er sein sollte, dennoch fröstelte Manila und sie drehte die Heizung auf, bevor sie losfuhr.

Sie fuhr auf der Westendstraße in Richtung Westen zur Schrenkstraße. Von dort aus nahm sie einige weitere kleine Straßen, bis sich der Heimeranplatz vor ihr auftat. Dort nahm sie die Unterführung, schlug dann aber nicht auf den mittleren Ring ein, sondern bog ab auf die Hansastraße, nur um von dieser auch direkt wieder abzubiegen, den Komplex aus Büro- und Wohngebäuden einmal zu umrunden und schließlich auf der Tübinger Straße wieder herauszukommen, der sie nun folgte.

Während sie nun stur nach Westen fuhr, fühlte sie sich wie in einem Traum. Das diffuse Licht des Dezembermorgens, das allgegenwärtige Grau des schneelosen Winters, die Einsamkeit der Großstadtstraßen am Wochenendmorgen, alles fühlte sich unwirklich an. Doch die Realität und ihr Zustand des Wachseins wurden ihr mit jedem Blick bewusst, den sie auf den Umschlag rechts neben sich warf.

Kurz nach dem Laimer Platz bog sie ab und fand sich ein paar hundert Meter später auf der Landsberger Straße wieder, der sie nun sehr lange Richtung Westen folgte. Die Landsberger Straße wurde zur Bodenseestraße und sollte später, wenn sie nur weit genug gefahren war, wieder zur Landsberger Straße werden. Dort wollte sie hin. Ihr Ziel war ein ehemaliges Tagungshotel, an dem sie den Umschlag abliefern sollte.

Sie fuhr durch Freiham, jenes Ungetüm, das keine zehn Jahre zuvor noch ein einzelnes Gut, ein weitgehend verlassener Weiler am Stadtrand gewesen war. Ein kleiner Vorposten zur Großstadt, der lange Zeit nichts weiter aufzuweisen hatte, als eine kleine Kapelle, die von den älteren Menschen Neuaubings sonntags gern besucht wurde, weil dort oft musikalisch schöne Messen gespielt wurden. Dann hatte man sich entschlossen, an dieser Stelle einen neuen Stadtteil, und zwar den einwohnerstärksten der gesamten Landeshauptstadt, aus dem Boden zu stampfen. Eine neue S-Bahnhaltestelle wurde errichtet, große Diskussionen und Streits brachen aus und gipfelten darin, dass ein Lokalpolitiker die Namen seiner Gegner auf ein Schwein pinselte und dieses öffentlich grillte. Dass dieses Vorgehen zwar ein öffentlichkeitswirksamer Coup war, aber in Sachen Geschmacklosigkeit den Aktionen einiger, deren Namen auf dem toten Tier geschrieben waren, in nichts nachstand, spricht dabei für sich. Im

Anschluss ging dann alles sehr rasch. Innerhalb weniger Jahre wurde ein gigantisches Monstrum aus Beton hochgezogen, das das Kunststück fertig brachte, sowohl den abstoßenden Charme eines Plattenbaus in Chemnitz zu haben, dabei aber gleichzeitig im Gegensatz zu einem solchen die Mieten in der teuersten Stadt Deutschland noch weiter nach oben zu treiben.

Während sie dieses Stück geschändeter Landschaft also durchfuhr, dachte sie über den Ring und seine innere Struktur nach. Er unterteilte seine Mitglieder nach Stufen, von denen es insgesamt fünf gab.

Ganz oben stand der Ringmeister oder die Ringmeisterin, das Oberhaupt des Rings. Diese Person vertrat die Autorität und Weisheit, die den Kern des Rings bildeten und saß der Organisation vor. Der Ringmeister hatte weitgehende Entscheidungsgewalt über die Aktivitäten und die Entwicklung des Rings. Der Ringmeister wurde auf Lebenszeit gewählt.

Direkt unter dem Ringmeister stand der Rat. Dessen Mitglieder repräsentierten verschiedene Gruppen innerhalb des Rings und dienten als Berater und Entscheidungsträger. Ihre Rolle bestand darin, sicherzustellen, dass alle Entscheidungen im besten

Interesse des Rings getroffen wurden und die Grundsätze, die die Bruderschaft vertrat, hochgehalten wurden. Gleichzeitig wählten die Ratsmitglieder den Ringmeister. Das Gremium setzte sich dabei zusammen aus den Berufenen, den Personen, die den Kern des Rats bildeten, und dem Sextett der Beisitzenden. Letztere waren Abgesandte der einzelnen Gilden des Rings, die die Mitglieder der elfköpfigen Fraktion der Berufenen ins Amt hoben.

Die Ringgelehrten schließlich waren die Bewahrer des Wissens. Sie waren für die Aufbewahrung der alten Texte, Dokumente und Geheimnisse verantwortlich, die die Grundlagen des Rings bildeten. Durch ihre sorgfältige Aufbewahrung und Interpretation dieser Dokumente sorgten sie dafür, dass die Traditionen und Lehren des Rings von Generation zu Generation weitergegeben wurden.

Dann gab es die Ringschützer. Diese Gruppe von Mitgliedern hatte die Aufgabe, die Geheimnisse und Reliquien des Rings zu schützen. Sie waren die Wächter, die dafür sorgten, dass die wertvollsten Besitztümer des Rings sicher blieben und vor den Augen der Außenwelt verborgen waren.

Als einfache Mitglieder der Bruderschaft waren die Ringträger diejenigen, die den Hauptteil der Arbeit des Rings verrichteten. Obwohl sie weniger Einfluss hatten als die Angehörigen höherer Ränge, waren sie dennoch unerlässlich für den reibungslosen Ablauf der Organisation.

Und schließlich gab es die Ringanwärter. Dies waren neue Mitglieder, die in die Geheimnisse des Rings eingeführt wurden, aber noch keinen offiziellen Schwur abgelegt hatten. Manila gehörte zu dieser Gruppe, obwohl sie hoffte, bald den Schwur ablegen zu können und ein vollwertiges Mitglied des Rings zu werden. Damit dies geschah, musste sie sich beweisen. Und Aufgaben wie die, die sie momentan erfüllte, bildeten dafür die Grundlage.

Kurz bevor die Bodenseestraße wieder zur Landsberger Straße wurde, bog Manila ab und fuhr noch ein kurzes Stück nach Süden, bevor das ehemalige Hotel vor ihr auftauchte. Der Bau wirkte von außen verwittert und wenig einladend. Der große Parkplatz, der direkt davor angelegt war, stand weitestgehend leer, nur vereinzelte Fahrzeuge waren dort abgestellt.

Im Bereich des Eingangs konnte Manila die Silhouette einer Frau ausmachen, die sich herausschälen begann, als sie dort einbog. Sie stoppte ihr Auto, ohne einzuparken, da sie nicht lange stehen bleiben würde und öffnete die Tür.

Sie griff nach dem Umschlag, stieg aus und ging der Frau entgegen. Es handelte sich um eine magere, nicht besonders große Person mit grauen Haaren. Sie sah abgekämpft und gestresst aus, vermittelte Manila aber dennoch eine gewisse Souveränität.

»Manila?«

Es klang mehr wie eine Feststellung als eine Frage.

Sie nickte. »Das bin ich.«

Die Frau musterte sie. »8, 3, 1, 5, 9, 0, 6, 7, 4, 2.« Sagte sie dann.

Manila zögerte einen Augenblick, bevor sie antwortete: »Braunbär, Nashorn, Schlange, Schmetterling.«

Die Frau lächelte und nickte. Manila reichte ihr den Umschlag. »Hier ist es. Der Auftrag wurde erfüllt.«

Sie nahm ihn entgegen und wog ihn kurz in ihrer Hand, als würde sie seine Bedeutung abschätzen. Dann nickte sie. »Gut gemacht. Der Ring weiß deine Bemühungen zu schätzen.«

Bevor Manila antworten konnte, drehte die Frau sich um und verschwand in Richtung des Hotels, den Umschlag fest in ihrer Hand. Manila blieb zurück und blickte ihr nach, ein Gefühl der Befriedigung darüber, ihre Aufgabe erfüllt zu haben, erfüllte sie.

9.12 Uhr

Gregor Weber strich sich in Gedanken über sein markantes, glattes Kinn. Das Sextett der Beisitzenden hatte eine Entscheidung zu treffen. Es galt, gemeinsam ein neues Mitglied für den Rat des Rings zu erwählen. Als dienstältestes Mitglied dieses Gremiums hatte Gregor mit den Jahren der Berufung von mittlerweile fünf Ratsmitgliedern beigewohnt. Mit diesem wäre er, mittlerweile 67 Jahre alt, an der Berufung der Mehrheit der Ratsmitglieder beteiligt. Seine tiefe Verbundenheit zum Ring reichte über 30 Jahre zurück. Als junger Mann war er von den Idealen und der Vision der Organisation angezogen worden. Ihre Werte, ihr Streben nach Wissen und Einfluss, all das hatte ihn fasziniert. Was ihn besonders geprägt hatte, war die Zugehörigkeit zur Gilde der Handwerker innerhalb des Rings und es erfüllte ihn mit einem gewissen Stolz, als ihr Gesandter zu fungieren.

In den vergangenen Jahren hatten die Handwerker innerhalb der Organisation zwar an Einfluss verloren. Dennoch empfand er seine Position im Sextett der Beisitzenden als grundlegend bedeutend.

Trotz seiner jahrzehntelangen Mitgliedschaft im Ring war Gregor nie der Typ gewesen, der stets an die nächste Beförderung oder den nächsten Rang dachte. Im Gegenteil, er war ein Mann, der sich in seinem Tun verlor und jedes Projekt, jede Aufgabe, mit der Hingabe und Präzision eines Ringträgers annahm. Sein Aufstieg durch die Reihen war daher eher ein Zeugnis seiner Hingabe und Fähigkeiten als seines Ehrgeizes.

Dennoch konnte er nicht umhin, eine gewisse Hoffnung in sich zu spüren. Es war im Bereich des Möglichen, dass er selbst in den Rat berufen würde und zu behaupten, er wäre dem abgeneigt, wäre nicht seine Art gewesen. Dabei ging es ihm allerdings nicht darum, weiteren Einfluss innerhalb des Rings zu gewinnen. Vielmehr sah er es als die ultimative Anerkennung seiner jahrzehntelangen Mühen, die er auf sich genommen und der Energie, die er in die Werte des Rings investiert hatte.

Der Raum, in dem das Sextett seine Sitzung abhielt, war in gedämpftes Licht getaucht, das von einer einzelnen großen Leuchte herrührte, die über der kurzen Tafel hing, an der es saß.

Sie waren in den vergangenen Stunden bereits die verschiedensten Möglichkeiten durchgegangen. Ihnen allen war klar, welch weitreichende Folgen eine falsche Besetzung innerhalb des Rats haben konnte, weshalb sie sich die Entscheidung nicht zu leicht machten. Wie der Ringmeister wurden auch die Ratsmitglieder zunächst auf Lebenszeit berufen. Tatsächlich gab es nur zwei Fälle, in denen ein Ratsmitglied als solches ausscheiden konnte: der Tod und die Berufung zum Ringmeister.

Insgesamt waren sie in dieser Sitzung bereits vierzehn verschiedene Namen durchgegangen. Sie hatten diskutiert, erörtert und verworfen, sie hatten es geschafft, den Kreis derjenigen, die für die Neubesetzung infrage kamen, zunächst auf sechs – eine Person aus jeder Gilde des Rings – und im Anschluss auf drei zu reduzieren. Gregors Name befand sich nicht unter diesen drei. Er war aber auch nicht unter den sechs und nicht einmal unter den vierzehn gewesen. Das war für sich nicht weiter verwunderlich. Er war schließlich anwesend und über seine Person zu diskutieren, wäre daher für alle Beteiligten mehr als nur eigenartig gewesen. Er baute seine Hoffnung, selbst in Betracht gezogen zu werden, darauf, dass am Ende keiner der Kandidaten für gänzlich und uneingeschränkt geeignet befunden würde. Dann stünde er gerne zur Verfügung, zumindest, sofern ihn jemand darauf ansprach oder dafür vorschlug. Sich selbst ins Spiel zu bringen, dazu würde er sich nicht herablassen.

Die Runde wollte gerade dazu übergehen, sich noch einmal insofern mit den drei verbliebenen Personen zu beschäftigen, als es an der Tür des Raums klopfte. Ohne eine Aufforderung dazu abzuwarten, trat Ahuva Ephron, die Ratsvorsitzende in Abwesenheit des Ringmeisters, also die vorübergehende Vorsitzende der Organisation ein.

»Bitte entschuldigen Sie die Unterbrechung.« Sagte sie in die Runde. »Allerdings werde ich ihre Sitzung für einige Zeit aufhalten müssen. Ich muss den Wächter der Stränge sprechen.«

Sie meinte Gregor. Neben seinen üblichen, den administrativen und oft hochoffiziell anmutenden Aufgaben im Ring hatte er diesen Posten seit nunmehr beinahe fünfzehn Jahren inne. Der Wächter der Stränge hatte die Aufgabe, bei Ereignissen, zu denen es verschiedene Erzählungen und Darstellungen gab, Ordnung in diese zu bringen und sie voneinander zu trennen. Eine Bewertung, welche der jeweiligen Darstellungen der Wahrheit entsprach, war nicht Teil der Aufgaben. Es ging rein darum, sie zu isolieren. Weshalb er in dieser Funktion nun von der amtierenden Ringmeisterin gebraucht wurde, erschloss sich Gregor nicht wirklich, doch die Unterbrechung kam ihm nicht ganz ungelegen. In seiner Abwesenheit konnte er sich durchaus vorstellen, dass über die Möglichkeit, ihn in den Rat zu berufen, diskutiert wurde. Er zögerte deshalb nicht, aufzustehen und sich, mit einem pflichtbewussten »Sie entschuldigen mich«, in die Runde zu verabschieden.

Er folgte Ahuva auf den Flur. »Es gibt ein Problem, Gregor«, kam sie direkt auf den Punkt, während die beiden in Richtung ihres Büros liefen. »Es geht um den verstorbenen Ringmeister. Es gibt Unstimmigkeiten.«

Gregors Herzschlag beschleunigte sich. Er wusste, dass der Tod des Ringmeisters viele Fragen aufgeworfen hatte.

»Was genau ist vorgefallen?«, fragte er, während sie zügig durch die Flure des Gebäudes gingen.

»Das kann ich dir im Augenblick nicht sagen«, erwiderte Ahuva. »Egon ist hier. Er weiß es etwas genauer und wird uns ins Bild setzen können.«

Egon Sachs war der Wächter des Protokolls und ein alter Freund von Gregor. Was genau dessen damit verbundene Aufgabe war, wusste Gregor zwar nicht genau, eine weitere Eigenheit des Rings, doch er wusste, dass er sie gut und gewissenhaft ausführte. Sachs wartete in Ahuvas Büro und umarmte Gregor zur Begrüßung. Anschließend führte er ihn ohne weitere Umschweife ins Bild.

Was er zu berichten hatte, wog schwer. Es ging darum, dass es Hinweise darauf gab, dass der verstorbene Ringmeister sich einem hanebüchenen Ritual hingegeben haben könnte. Das war in sich ziemlich komplex, da es sehr viele verschiedene Facetten hatte. Einerseits war es eines Ringmeisters in keinem Fall würdig, sich der Magie oder dem Okkultismus zu verschreiben und zu versuchen, mit diesen Mitteln zu arbeiten.

Andererseits hatte das Ganze auch noch eine andere Dimension: Das angesprochene Ritual hatte vor Jahrhunderten den Ring in eine existenzielle Krise gestürzt. Etwas Derartiges nun ohne triftigen Grund wieder aufleben zu lassen, könnte von einigen mit Sicherheit als töricht betrachtet werden und es wäre schwer, dem etwas entgegenzuhalten.

»Gibt es eine weitere Version?«, fragte Gregor. Ahuva deutete auf einen braunen Umschlag, der auf ihrem Schreibtisch lag.

»Gregor«, setzte Egon nun noch einmal an. »Ich sage dir das, weil du mein Freund bist und ich weiß, dass du mit dieser Information sorgsam umgehen wirst: Dieser Umschlag stammt von Schaller.«

Gregor nickte bedächtig. »Danke, dass du mir das sagst. Das werde ich berücksichtigen.« Er strich sich durch die Haare, blähte die Backen auf und schüttelte dann den Kopf. Er würde nun einige Zeit brauchen, um sich detaillierter mit allem, was es in der Sache an Informationen gab, auseinanderzusetzen. Das war keine Aufgabe, auf die er sich freute, doch im Augenblick schien das unvermeidlich.

»Ich werde gleich noch Enver Berk kontaktieren.« Griff Ahuva den Faden wieder auf. »Er soll Steinsaltz Haus gemeinsam mit Michelini und einem kleinen Team noch einmal genauestens unter die Lupe nehmen.«

Gregor nickte erneut, dieses Mal bedächtiger. Er griff sich den Umschlag und wandte sich noch einmal an Egon: »Wenn das alles hier vorbei ist, müssen wir beide uns mal wieder einem Tier widmen. Einem, das sich auf einem Bein hoppelnd fortbewegen muss.«

Egon schien nur für den Bruchteil eines
Augenblicks zu überlegen, dann nickte er lächelnd.
Gregor verließ das Büro ohne weitere Worte. Er
musste sich nun zurückziehen und Ruhe finden. Vor
ihm lagen mehr als nur anstrengende und
herausfordernde Stunden.

11.26 Uhr

Der höchste Kreis innerhalb des Rings, der Rat, saß in einem Raum beisammen, in dem mancher vermutlich eher die eine Konferenz der Versicherungsbranche verortet hätte. Er war so schlicht, ja trist ausgestattet, dass es schwer war, bei ihm dem Gedanken zu verfallen, eine jahrhundertealte Bruderschaft hätte ihn für eine ihrer wichtigsten Zeremonien auserkoren.

Das einzige Objekt im Raum, das etwas von der Erhabenheit ausstrahlte, die einer solchen Zeremonie viel eher angemessen gewesen wäre, war der mächtige, ringförmige Tisch, um den die elf Anwesenden saßen.

Sie alle stammten aus einer der Gilden des Rings, sie waren entweder Handwerker, Künstler,

Kaufleute, Gelehrte, Mönche oder Alchemisten. Freilich gab es unter letzteren keine Verrückten, die versuchten, aus Zinn Gold zu machen oder die Weisheit der Welt aus Kristallen zu lesen. Nach dem heutigen Verständnis des Rings waren unter den Alchemisten vor allem Naturwissenschaftler zu finden, wobei dank einiger Mathematiker auch die Geisteswissenschaften in deren Reihen vertreten waren.

Sanada Takuto war erst vor knapp zwei Stunden in diese elitäre Gruppierung berufen worden und direkt war sie damit konfrontiert, einer der wichtigsten Aufgaben des Rates beizuwohnen. Das passte zwar zu ihrer generellen bisherigen Laufbahn innerhalb des Rings, dennoch hatte es auch etwas Beängstigendes.

Sanada, die ihr pechschwarzes, glattes Haar stets offen trug, hatte zunächst in der Geschäftswelt von sich reden gemacht. Sie war die COO einer erfolgreichen Technologiefirma, die sie zusammen mit ihrer Partnerin, Maria Bautreu, von Grund auf aufgebaut hatte. Doch trotz ihrer unternehmerischen Erfolge war es nicht dieser Aspekt ihres Lebens, der die meisten Mitglieder des Rings faszinierte.

Sanadas Weg zum Ring war ungewöhnlich. Sie war als Teenagerin von Japan nach München gekommen, nachdem sie ihre Familie durch einen tragischen Unfall verloren hatte. Trotz dieses

schweren Schicksalsschlages schaffte sie es, ihr
Studium mit Bravour zu absolvieren und noch
während ihres Studiums der Chemie ihre später so
erfolgreiche Firma aufzubauen. Ihre Verbindung zum
Ring begann vor einigen Jahren, als sie auf einer
Geschäftsreise in der Schweiz Ahuva Ephron
begegnete, einem Mitglied des Rats, das Sanadas
Potenzial sofort erkannte. Ahuva war es, die Sanada
in den Ring einführte und ihr zur Mentorin wurde.
Sanada musste lächeln, als sie daran dachte, wie
Ahuva damals von ihr wissen wollte, welches
Element für den Vater ihres Großvaters stand.

Während sie nun am Tisch saß, ließ Sanada die
Ereignisse der letzten Monate Revue passieren. Das
hektische Treiben in der Firma, die endlosen
Meetings und Verhandlungen und schließlich heute
Vormittag die für sie tatsächlich gänzlich
unerwartete Berufung in den Rat des Rings. Obwohl
sie ihre Position in der Firma und im Ring nie
wirklich gesucht hatte, schien es, als würde das
Schicksal sie immer wieder in Richtung Führung und
Verantwortung drängen.

Die übrigen Anwesenden kannte Sanada
natürlich. Zu ihrer Rechten saß Carmen Wank, eine
erfahrene Bankerin und Ratsmitglied, die Sanada mit
einem wohlwollenden Nicken begrüßt hatte. Zu ihrer
Linken saß Micha Lampadius, ein Historiker, der sie
mit einer gewissen unverhohlenen Skepsis musterte.

Sanada war sich der vielen Augen bewusst, die sie beobachteten, und der unterschiedlichen Meinungen, die über sie kursierten. Einige sahen in ihr die Zukunft des Rings, andere befürchteten, sie könne die alten Traditionen nicht ausreichend wertschätzen. Doch Sanada hatte in ihrem Leben schon viele Herausforderungen gemeistert. Diese würde sie ebenfalls bewältigen.

Wie konnte es sein, dass eine erst 29-jährige Frau, die gerade einmal seit vier Jahren dem Ring angehörte, bereits alle Stufen durchlaufen hatte und nun in den erlesenen Kreis des Rates berufen wurde? Diese Frage stellten sich viele und Sanada war bewusst, dass sie nicht nur heute gezwungen sein würde, ihre Berufung, für die sie selbst im übrigen gar nichts konnte, dennoch zu rechtfertigen.

Das Berufungsverfahren für ein Ratsmitglied im Ring war nicht nur eine Formalität, sondern eine jahrhundertealte Tradition, die sich im Laufe der Zeit immer weiter herausgebildet und entwickelt hatte. Es war eine Zeremonie, die nicht nur die Auswahl eines neuen Mitglieds markierte, sondern auch die Kontinuität und Stabilität des Rings gewährleistete.

Der Prozess begann mit dem Sextett der Beisitzenden. Sie waren das Bindeglied zwischen dem Rat und dem Ring im Allgemeinen. Sie waren es, die nach potenziellen Kandidaten Ausschau hielten, sie prüften und schließlich dem Rat zur Berufung vorschlugen. Das Sextett achtete besonders darauf, dass der vorgeschlagene Kandidat nicht nur die notwendigen Fähigkeiten und Erfahrungen mitbrachte, sondern auch die Philosophie und die Ziele des Rings verinnerlicht hatte. Oberstes Ziel des Rings war es stets, zu verhindern, dass Wissen verloren ging oder bewusst verloren, besser gesagt, weggeworfen, wurde. Daran hatten Institutionen oder Personen, denen bestimmtes Wissen zum Verhängnis werden konnte, naturgemäß ein großes Interesse. Der Ring versuchte, dem entgegenzuwirken.

Dieses Ziel teilte Sanada in seiner Gänze. Der Verlust ihrer Familie hatte ihr gezeigt, dass es mehr als nur notwendig war, die Wahrheit immerzu herauszuarbeiten und sie offen vor sich herzutragen. Es hatte damals eine Verkettung von Umständen gegeben, die dazu führten, dass sie dieses tragische Schicksal ereilte, die allesamt darauf zurückzuführen waren, dass mit der Wahrheit schlampig umgegangen wurde.

Ein Politiker war bestechlich gewesen. Dies hatte dazu geführt, dass er den Auftrag zum Bau einer Brücke in seiner Region an ein Unternehmen vergab, das ihm dafür Geld zusteckte. Dieses Unternehmen beschäftigte Leiharbeiter, deren Qualifikationen von deren Agentur gefälscht waren, damit sie sie höhere Gagen von dem korrupten Unternehmen abrechnen konnte.

Der Lieferant der Baustoffe zur Errichtung der Brücke wiederum hatte gespart und war obendrein einem Betrug aufgesessen, sodass das gesamte Bauwerk von Anfang an nicht dazu geeignet gewesen war, befahren zu werden.

Dies merkte auch ein Sachverständiger an, der die Brücke überprüfen und freigeben sollte. Jedoch passte das überhaupt nicht in die Pläne des Politikers, der sich bereits zuvor bestechlich gemacht hatte. Da die Wahlen kurz bevorstanden und er daher die Erfolgsmeldung, dass der Bau abgeschlossen sei, dringend gebrauchen konnte, ließ er den Sachverständigen kurzerhand in eine andere Abteilung versetzen und seinem Nachfolger klarmachen, dass die Brücke freigegeben zu werden hatte. Als das unvermeidliche geschah und die Brücke Jahre später (was für sich betrachtet schon ein kleines Wunder war, sie hätte höchstens wenige Monate halten dürfen) einstürzte, befand sich der Bus, in dem Sanadas Eltern und ihre Schwester saßen, auf ihr.

Weder sie noch irgendeine andere Person in diesem Bus überlebten. Sanada wurde zu ihrer einzigen Verwandten geschickt, einer Tante, die in München lebte.

Der Politiker, der damals für den Bau
verantwortlich gewesen war, war mittlerweile zu
einem nationalen Minister aufgestiegen und so
wurde seine Schuld an dem Vorfall vertuscht.

Sanada ein grundlegendes, inneres Bedürfnis, die
Wahrheit immer ans Licht zu befördern. Und von
nun an würde sie dazu einen noch größeren Beitrag
leisten. Das würde mit der Wahl, die nun bevorstand,
beginnen.

13.17 Uhr

Clemens Stocker umgab eine Aura von Selbstbewusstsein, die im Widerspruch zu seinem bescheidenen Mönchsgewand stand. Seine Augen, tief und durchdringend, strahlten einen unerschütterlichen Ehrgeiz aus, der vielen im Ring unbehaglich war. Es war ein offenes Geheimnis, dass Stocker nicht nur wegen seiner Spiritualität in den Ring eingetreten war. Es gab jene, die behaupteten, dass seine Ziele weniger mit der Erleuchtung und mehr mit der Macht zu tun hatten. Er war ein Ehrgeizling und er sah keinen Grund, das zu verbergen.

Sein trotz seines Alters von 62 Jahren volles und noch kräftig dunkles Haar war gepflegt, gepflegter, als es für einen Mann, der sein Leben dem Glauben verschrieben hatte, nötig gewesen wäre. Seine Hände, obwohl von Jahren des Gebets geprägt, waren stark und fest – ein Zeichen seiner Disziplin und seines Willens.

Trotz seiner körperlichen Präsenz war es seine Persönlichkeit, die am meisten hervorstach und die Blicke auf sich zog. Er sprach in gemessenen, durchdachten Worten und hatte eine Gabe dafür, andere zu beeinflussen und zu manipulieren. Sein Lächeln war selten und, wenn es doch einmal gesichtet wurde, so setzte er es als Mittel zum Zweck ein. Seine wachen Augen beobachteten ständig, analysierten und bewerteten. Jedem, der ihn kannte, war klar, dass Stocker stets mehr als nur einen Schritt vorausdachte.

Viele im Ring betrachteten Stocker mit Misstrauen. Er hatte sich im Laufe der Jahre viele Feinde gemacht, primär durch seine Taktiken und seinen Drang, an die Spitze zu gelangen. Er schien nicht die gleiche Ehrfurcht und den gleichen Respekt für die Traditionen des Rings zu haben wie andere. Sein Ziel war klar: Er wollte Ringmeister werden, und er war bereit, alles zu tun, um dieses Ziel zu erreichen.

Obwohl er als Mönch in den Ring eingetreten war, waren seine Beziehungen zu anderen spirituellen Führern des Rings angespannt. Seine Auslegung der

Lehren war oft kontrovers, und seine Bereitschaft, spirituelle Konzepte zu seinem Vorteil zu nutzen, stieß bei vielen auf Widerstand.

Für nicht wenige war Stocker ein Symbol für den Niedergang der Werte und Traditionen, die den Ring über Jahrhunderte hinweg definiert hatten. Aber egal, welche Meinung man von ihm hatte, eines war sicher: Clemens Stocker war eine Macht, mit der man rechnen musste. Und er war entschlossen, seine Ambitionen Wirklichkeit werden zu lassen.

Stocker war nicht immer Mönch gewesen. Als junger Mann war er in die Geschäfte seiner Familie involviert, eine der mächtigsten Handelsdynastien Süddeutschlands. Doch nach einer Reihe von geschäftlichen Rückschlägen und persönlichen Verlusten suchte er Zuflucht in der Spiritualität. Die Wahrheit jedoch war, dass seine unternehmerischen Fähigkeiten nie verschwunden waren. Sie schlummerten nur, warteten auf den richtigen Moment, um wieder aufzutauchen.

So kam es auch, dass Stocker selten handelte, ohne dahinter einen klar definierten Plan zu haben. Er hatte Stella Honigberg unterstützt. Sie war eine Ärztin, die für viele eine Art Gegenentwurf zu ihm darstellte. Eine offene Persönlichkeit, die Wert darauf legte, klar zu kommunizieren und die Intrigen scheute.

Seine Unterstützung für sie, die auch nun wieder kandidieren würde, war nicht aus Loyalität oder Bewunderung entstanden, sondern in der Hoffnung, eine Pattsituation zu schaffen.

Sie war gegen Oskar Steinsaltz nominiert worden, der schließlich, auch von Honigberg selbst, gewählt wurde.

Sein Plan war, dass er, sollte die Wahl zwischen diesen beiden unentschieden ausfallen, als Kompromisskandidat auftreten und die Macht im Ring übernehmen würde. Aber die übrigen Ratsmitglieder hatten ihm mit ihrer Wahl einen Strich durch die Rechnung gemacht. Das lag nicht zuletzt daran, dass Honigberg selbst Steinsaltz wählte und damit signalisierte, dass sie eine etwaige Wahl ihrer eigenen Person nicht anzunehmen gedachte.

Das hatte er nicht kommen sehen, was ein Problem darstellte. Steinsaltz und Honigberg waren einander zuvor stets nicht grün gewesen und hatten eine nur selten vollständig verborgene Ablehnung einander gegenüber in sich getragen. Stocker hatte daher den Fehler gemacht, die Beziehung der beiden, die auf grundsätzlicher Antipathie zu fußen schien, vor der Wahl nicht genauer unter die Lupe zu nehmen. Dass er genau das hätte tun sollen, war ihm erst in dem Augenblick klar geworden, als Honigberg

Steinsaltz ihre Stimme gab. Das hatte seinen gesamten Plan durcheinander geworfen und wäre nicht der für ihn äußerst günstige Umstand eingetreten, dass Oskar Steinsaltz bereits kurz nach seiner Wahl von einem Unbekannten in seinem eigenen Anwesen erschlagen wurde, hätte das eine kleinere Katastrophe bedeutet. Steinsaltz mochte nicht mehr der Jüngste gewesen sein, doch einige Jahre jünger als Stocker war er. Außerdem war er vital und hielt seinen Körper gesund. Es wäre insgesamt wenig wahrscheinlich gewesen, dass Steinsaltz an Altersschwäche gestorben, Stocker anschließend gewählt worden wäre und dann noch viel Zeit gehabt hätte, seine Vision für den Ring umzusetzen.

Mit dem unerwarteten Tod von Steinsaltz stellte sich nun vieles anders dar. Einerseits war damit die nächste Chance für Stocker unerwartet schnell wieder in eine erreichbare Nähe gerückt. Andererseits hatte sich Honigberg durch ihre eigene Zurückhaltung bei der vergangenen Wahl selbst in ein durchaus positives Licht gerückt und konnte daher noch auf eine weitere Verbesserung ihrer Chancen hoffen.

Durch die Berufung der jungen Sanada Takuto in den Rat war die Situation zusätzlich komplizierter geworden. Stocker hatte gehofft, neben ihm selbst und Severin Kayserling, einem seiner Ordensbrüder, würde ein weiteres Ringmitglied aus der Gilde der Mönche in den Rat berufen. Das hätte seinen eigenen Stand enorm gestärkt. Takuto konnte er hingegen absolut nicht einschätzen. Jedoch war er realistisch genug, aufgrund seines Alters, seines Geschlechts und aufgrund der Gilde, der er angehörte, nicht mit ihrer Stimme zu rechnen.

Dass er Stimmen brauchte, war für ihn nun keine Frage mehr. Er hatte sich von Kayserling nominieren lassen und er war entschlossen, ins Rennen zu gehen.Er konnte nicht länger im Hintergrund bleiben.

Alle Ratsmitglieder hatten das Recht, Mitglieder des Rings, unabhängig von deren Stand oder der Stufe, der sie angehörten, zur Wahl zu nominieren.

Dabei galt: Wer nominiert war oder dem Rat angehörte, hatte Stimmrecht. So konnte es vorkommen, dass mehr Stimmen abgegeben wurden, als der Rat Mitglieder hatte.

Trotz oder gerade aufgrund dieser demokratischen Regelung hatten die historischen Ereignisse ihre Spuren hinterlassen. Im 16. Jahrhundert hatte ein besonders ambitioniertes Ratsmitglied versucht, das System auszuspielen. Er hatte zahlreiche ihm wohlgesonnene Mitglieder nominiert, in der Hoffnung, von ihnen selbst gewählt zu werden. Es war ein kluger, wenn auch unehrlicher Zug. Als Reaktion darauf wurden neue Regelungen eingeführt, um solche Manipulationen in Zukunft zu verhindern. Seitdem durfte jedes Mitglied des Rats nur ein weiteres Mitglied des Rings zur Wahl nominieren und dessen Stimme wurde nur dann gewertet, wenn es selbst von derjenigen Person gewählt wurde, von dem es zuvor nominiert wurde. Das hatte zwar dazu geführt, dass die Wahl des Ringmeisters elitärer geworden war, da in der Praxis von da an – von einigen seltenen Ausnahmen abgesehen – nur noch Ratsmitglieder nominiert wurden, aber es war auch nicht mehr dazu gekommen, dass derartige Manipulationsversuche stattfanden.

Der eigentliche Wahlprozess war ebenso einfach wie effektiv. Eine Urkunde wurde erstellt, auf der alle Namen der Anwesenden aufgelistet waren, mit Spalten daneben für die nominierten Kandidaten. Mit einem speziell angefertigten silbernen Stift machte jedes Ratsmitglied ein Loch neben dem eigenen Namen in der Spalte desjenigen Kandidaten, den es unterstützte. Dies geschah in offener Runde, ganz im Sinne der Wahrheit.

Eine Besonderheit wies der Abstimmungsprozess auf: Wenn es zu einem Patt kam, stimmten in einem zweiten, neu angesetzten Wahlgang auch die Mitglieder des Sextetts der Beisitzenden. Diese sechs Vertreter jeder Gilde des Rings mussten vor ihrer Wahl gemeinsam beraten und einheitlich abstimmen. Dies war ein weiterer Versuch, Manipulationen zu verhindern und sicherzustellen, dass die Wahl des Ringmeisters im besten Interesse des Rings lag.

Nun saß die Runde des Rats beisammen und beging die letzte Maßnahme, bevor es zur Wahl kam. Es war der Moment der Aussprache, jener Moment, in dem die Mitglieder der Ratsversammlung ein paar Worte zur anstehenden Wahl sagen konnten.

Carmen Wank ergriff das Wort als Erste, indem sie von ihrem Stuhl aufstand. Ihre Haltung war aufrecht und ihr Blick entschlossen. »Ich habe lange über diese Wahl nachgedacht«, begann sie. »Wir sind hier, um jemanden zu wählen, der den Ring in eine neue Ära führen kann. Jemand, der sowohl Erfahrung als auch Weitsicht besitzt. Es ist wichtig, dass wir uns an unsere Geschichte erinnern, aber auch den Mut haben, in die Zukunft zu blicken.« Ihr Blick wanderte zu Clemens und dann zu Stella Honigberg. »Nachdem unser letzter Ringmeister nur allzu kurz im Amt war und es nun mit Bedacht und Weitsicht gilt, den Ring wieder in die Spur zu bringen, werde ich Stella Honigberg wählen. Und ich möchte euch aufrufen, es mir gleichzutun.« Damit setzte sie sich wieder.

Micha Lampadius folgte. Seine tiefen Augen funkelten. »Wir müssen uns darüber im Klaren sein, dass die Entscheidung, die wir heute treffen, eine ist, die genauer unter Beobachtung steht, als es beim letzten Mal der Fall war. Ich möchte euch alle in aller gebotenen Klarheit darauf hinweisen, dass wir die Möglichkeit haben, eine Frau zu wählen, die bereits beim letzten Mal zur Wahl stand. Diese Wahl hat sie verloren, woraufhin der Wahlsieger starb. Nun können wir sie wieder wählen.

Oder wir wählen mit Clemens Stocker jemanden, der für Solidität und Führungsstärke steht. Das ist unsere Wahl.«

Anton Buckler nickte zustimmend, sagte aber nichts. Kitija Gulbia hingegen erhob sich und sprach mit einer ruhigen Stimme, in der dennoch Schärfe lag: »Ich möchte eine solche, wenn auch nur angedeutete, Unterstellung nicht im Raum stehen lassen. Diese Wahl ist gänzlich unabhängig vom Ableben Oskar Steinsaltz. Stella Honigberg ist ein wertvolles Mitglied unserer Runde und sie, wenn auch nur in solch passiver Weise, mit den Vorkommnissen in Verbindung zu bringen, wird weder ihr noch Oskar Steinsaltz noch dem Ring und diesem Gremium in irgendeiner Form gerecht. Wir sollten, vor dem Hintergrund, dass sowohl hinter als auch vor uns eine schwierige Zeit liegt, unseren alten Spruch berücksichtigen: Der Diminutiv der Bestimmung dient dazu, das Feuer zu fachen.«

Severin Kayserling, Ahuva Ephron und Ilgün Közen entschieden sich, stillzubleiben.

Siro Martino und Sanada Takuto schlossen sich dem an.

Clemens Stocker, der nun in den Mittelpunkt des Geschehens zu drängen gedachte, lächelte. »Vielen Dank für eure Worte«, sagte er. »Ich hoffe, dass ihr bei eurer Wahl an das Wohl des Rings denkt und nicht an persönliche Ambitionen oder alte Animositäten.«

Stella Honigberg war die Letzte, die sprach. »Ich danke euch allen für eure Offenheit und Ehrlichkeit. Es ist eine Ehre, hier mit euch zu sein und für diese Position in Erwägung gezogen zu werden. Egal, wie die Wahl ausgeht, ich werde immer für den Ring und seine Mitglieder da sein.«

Mit diesen Worten endeten die Ansprachen, und die Ratsversammlung bereitete sich darauf vor, ihre Stimme abzugeben und die Zukunft des Rings zu bestimmen.

15.01 Uhr

Die Stunde der Wahrheit schien gekommen. Der Rat des Rings würde, keine Woche, nachdem er es zum letzten Mal getan hatte, in die Abstimmung über den neuen Ringmeister gehen. Zur Wahl vorgeschlagen waren dieses Mal lediglich ein Kandidat und eine Kandidatin: Clemens Stocker und Stella Honigberg.

Stellas Hände zitterten, wenn sie sich nicht konkret darauf konzentrierte, dass sie das nicht taten. Sie warf einen verstohlenen Blick zu Clemens Stocker. Die beiden nominierten Kontrahenten saßen sich beinahe direkt gegenüber an dem großen, ringförmigen Tisch, dazwischen die neun anderen Mitglieder des Rats.

Ahuva Ephron, die Wahlleiterin, erhob das Wort: »Geschätzte Ratsmitglieder, heute ist der Tag, an dem wir unseren nächsten Ringmeister«, sie stockte, da sie wohl auch die Ringmeisterin mit unterbringen wollte, die Stella möglicherweise werden könnte, doch in den jahrhundertealten Statuten war nirgendwo von einer solchen die Rede, Stella hatte sich kundig gemacht. Sie nickte Ahuva mit einem verschmitzten Lächeln zu, woraufhin diese einfach fortfuhr: »Wählen werden. Die Nominierten sind Stella Honigberg und Clemens Stocker.« Sie hob eine prächtig verzierte Urkunde empor. »Die Wahl wird offen abgehalten, wie es die Tradition verlangt. Auf dieser Urkunde sind die Namen aller hier Anwesenden verzeichnet. Daneben befinden sich die Spalten der Nominierten. Jedes Ratsmitglied wird nacheinander die Urkunde erhalten. Sie werden dann mit einem spitzen Gegenstand ein Loch in der Zeile Ihres Namens und in der Spalte des Kandidaten Ihrer Wahl anbringen. Beachten Sie: Wer sich selbst wählt, zeigt damit seine Bereitschaft, die Wahl anzunehmen.«

Ein flüchtiger Blick um den Tisch verriet die Anspannung in den Gesichtern. Carmen Wank lehnte sich zurück, während Micha Lampadius konzentriert einen Punkt vor sich auf dem Tisch fixierte und Severin Kayserling bekreuzigte sich.

»Es ist von größter Wichtigkeit«, fuhr Ahuva fort, »dass dieser Vorgang mit größter Sorgfalt durchgeführt wird. Der Rat des Rings muss eine einheitliche Entscheidung treffen, und sollte es zu einem Patt kommen, wird das Sextett, wie vorgesehen, geschlossen abstimmen.«

Stella atmete tief durch. Dies war der Moment, der Druck war enorm.

Sie empfand die Stille im Raum als erdrückend, als Ahuva die Urkunde dem ersten Ratsmitglied, Anton Buckler, reichte. Stella beobachtete jede seiner Bewegungen, und als der Stift durch das Papier stach, war es, als würde ihr Herz einen Schlag aussetzen. Der Prozess hatte begonnen, und das Schicksal des Rings lag nun in den Händen dieser wenigen Menschen. Buckler hatte seine Stimme an Stocker gegeben.

Er gab die Urkunde weiter an Kitija Gulbia. Sie zögerte kurz, warf Stella einen flüchtigen Blick zu und stach dann zügig ein Loch in der Spalte ihres Namens. Es stand 1:1 und die Luft schien mit jedem Loch, das in das Papier gestanzt wurde, dicker zu werden. Stella versuchte ruhig zu atmen, ihre Augen fixierten die Urkunde, die sich langsam, aber sicher, um den Tisch herum bewegte.

Severin Kayserling, der Dritte in der Runde, sah nicht auf und stanzte fast mechanisch seine Wahl. Seine Stimme für Stocker hatte Stella fest eingeplant.

Von Siro Martino allerdings war sie enttäuscht. Sie hatte gehofft, ihn hinter sich zu wissen, doch er stimmte für Stocker. Sanada Takuto war erst im Laufe dieses Vormittags in den Rat berufen worden. Daher konnte sich Stella vorab keine Einschätzung ihres Wahlverhaltens bilden. Umso dankbarer war sie, als sie von ihr gewählt wurde. Auch Ilgün Közen gab ihr ihre Stimme, womit es 3:3 stand. Stella überschlug im Kopf: Definitiv würde Stocker sich selbst wählen. Auch Micha Lampadius war sicher bei ihm. Das bedeutete, alle anderen müssten sie wählen, damit sie gewinnen konnte.

Stella hielt es nicht aus, den anderen beim Abstimmen zuzusehen. Sie konzentrierte sich darauf, ihre Hände ruhig zu halten. Sie sah erst wieder auf, als die Liste vor ihr lag und sie selbst ihre Stimme abgeben musste. Hastig überflog sie das Blatt. Alle Stimmen waren entweder so vergeben worden, wie sie sich das ausgerechnet oder erhofft hatte. Stocker führte mit einer Stimme und zwei Stimmen waren noch nicht abgegeben. Ihre eigene und die von Ahuva Ephron. Sie musste sich zusammenreißen, um nicht erleichtert aufzuatmen. Sie stanzte ein Loch in die

Spalte ihres Namens und schob die Urkunde weiter. Für einen kurzen Augenblick flammte nun Panik in ihr auf, weil sie dachte, Ahuva könnte sie nun doch nicht wählen, doch diese verflog direkt wieder. Ahuva Ephron war keine Freundin unnötiger Dramatik und so setzte sie ihren, den entscheidenden, Stich durch das Papier unter Stellas Namen sofort.

Sie hob den Blick und verkündete: »Die Wahl ist abgeschlossen. Mit der Mehrheit der Stimmen wird Stella Honigberg unsere 57. Ringmeisterin. Oder eleganter formuliert: unser 57. Ringmeister und unsere erste Ringmeisterin.« Und auf das leise Lachen hin, das jetzt im Raum aufkam, fügte sie hinzu: »Ich bin mir allerdings sicher, dass sie diesbezüglich einige Änderungen in unseren Statuten anstreben wird. Herzlichen Glückwunsch, Stella!«

Ein leiser Applaus kam auf, während Ahuva Stella umarmte. Ihr Herz raste. Sie sah hinüber zu Stocker, der ins Nichts zu starren schien.

Ahuva Ephron nahm wieder auf ihrem Stuhl Platz und rollte eine weitere prächtige Urkunde aus, auf der in kunstvoller Schrift stand: »Der Rat des Rings wählt in offener Abstimmung ... zu seinem LVII. Ringmeister. Die Wahl hat Gültigkeit und bedarf keiner gesonderten Annahme durch den Gewählten. Der Ringmeister trägt seinen Titel auf Lebenszeit.«

Es war ein Moment der Ehrfurcht. Mit einer Feder, getaucht in ein Tintenfass aus Onyx, schrieb Ahuva Ephron behutsam Stellas Namen in die dafür vorgesehene Lücke. Der frische Tintenstrich glänzte im Licht, und Stella konnte kaum glauben, dass es wirklich ihr Name war, der dort inmitten dieser traditionsreichen Zeremonie stand.

Einer nach dem anderen traten die Ratsmitglieder nun vor, um ihre Unterschrift unter die Ernennung zu setzen. Das Rascheln ihrer Gewänder, das sanfte Kratzen der Federn auf dem Papier, und das gelegentliche Flüstern bildeten eine fast schon sakrale Atmosphäre.

Mit jeder Unterschrift spürte Stella die Bedeutung dieses Moments und die Erwartungen, die nun auf ihr lasteten. Sie selbst war die Letzte, die ihr Autogramm auf das Dokument setzte, danach trat Ahuva Ephron wieder vor und drückte das Siegel des Rings fest in das heiße Siegelwachs, das am unteren Rand der Urkunde angebracht wurde.

»Die Wahl ist somit abgeschlossen und gültig«, erklärte sie mit fester Stimme.

Stella schluckte schwer. Sie wusste, dass von ihr eine Ansprache erwartet wurde, doch sie war dafür noch nicht bereit. »Ich danke euch allen für euer Vertrauen«, sagte sie daher mit zittriger Stimme. »Ich wünschte mir nur einen Moment, um meine Gedanken zu sammeln, bevor ich meine ersten Worte als eure Ringmeisterin an euch richte.«

Verständnisvolles Nicken und Murmeln folgten ihrer Bitte. Stella fühlte sich fast schon schwindelig vor Erleichterung und Euphorie. Sie wollte nur einen Moment für sich, weg von den vielen Blicken, weg von den Erwartungen.

Sie zog ihr Mobiltelefon hervor, um die Nachricht an Enver Berk zu senden, den sie als ihren Stellvertreter, den neuen Oberrat einsetzen würde: »Projekt Honigberk ist erfolgreich«. Doch das Signal wurde blockiert. Ein kurzes Aufblitzen von Frustration durchzuckte sie, doch die schob sie gleich wieder beiseite. Enver würde bald genug erfahren, was geschehen war. Jetzt brauchte sie nur einen Moment der Ruhe.

Die gewichtige Tür zum Raucherzimmer öffnete sich mit einem leisen Quietschen. Stella trat ein und schloss die Tür hinter sich. Die Stille war fast greifbar. Nur das leise Ticken einer Uhr, die auf einem kleinen Beistelltisch stand, durchbrach die

Stille. In dem mit grünem Teppichboden ausgelegten Raum standen mehrere Sessel. Sie ließ sich in einen davon, der von der Tür weg wies, sinken, kramte ihr Feuerzeug hervor und zündete die einzelne Zigarette an, die sie sich mitgebracht hatte.

Die Welt um sie herum schien sich für einen Augenblick zu verlangsamen, als sie den verbrennenden Tabak inhalierte. Sie sank noch tiefer in den Sessel und schloss die Augen. Das kühle Leder an ihrem Rücken, der trockene Rauch in ihren Lungen – es war ein flüchtiger Moment der Ruhe.

Sie hörte nicht, wie sich die Tür öffnete und auch nicht, als jemand hereinkam und sie leise hinter sich wieder zudrückte. Es war der dadurch ausgelöste Luftstoß, den sie registrierte. Sie beschloss zunächst, es zu ignorieren und ließ die Augen geschlossen. Doch wenige Sekunden später wurde sie gewahr, dass jemand hinter ihr stand. Sie öffnete die Augen nun doch, drehte sich herum und sah direkt in das schmale, gehässige Gesicht von Clemens Stocker.

»Stella«, sagte er mit seltsam ruhiger und gelassener Stimme, »es ist wirklich tragisch, wie schnell unsere Ringmeister heutzutage sterben.« Ein Lächeln, das mehr einer Grimasse glich, verzerrte sein Gesicht. Seine Augen funkelten.

Stellas Herz raste. Sie wusste, dass Stocker ein ehrgeiziger und gefährlicher Mann war, aber sie hätte nie gedacht, dass er so weit gehen würde, solche Scherze mit ihr zu treiben. »Was wollen Sie, Stocker?«, fragte sie und versuchte, trotz ihrer Angst ruhig und beherrscht zu klingen.

Er ging um den Sessel herum, summte dabei vor sich hin und sprach: »Asche zu Becher, Staub zu…«. Als er nun vor ihr stand, beugte er sich herunter. »Ich möchte nur, dass du verstehst, wie ernst es mir mit der Führung des Rings ist. Du bist im Weg, meine Liebe.«

Nun wurde es ihr zu viel. Das musste und wollte sie sich nicht bieten lassen. Stella versuchte aufzustehen, doch Clemens war schneller. Ein harter Schlag, dann wurde es dunkel.